U0672477

摸象集

——现代诗导读

赵思运 著

中国言实出版社

图书在版编目(CIP)数据

摸象集：现代诗导读 / 赵思运著. -- 北京：
中国言实出版社，2023.3
ISBN 978-7-5171-4403-8

Ⅰ.①摸… Ⅱ.①赵… Ⅲ.①诗歌评论—中国—
当代—文集 Ⅳ.①I207.22-53

中国国家版本馆CIP数据核字（2023）第044233号

摸象集——现代诗导读

责任编辑：张国旗
责任校对：张馨睿

出版发行：中国言实出版社
　　　　　地　　址：北京市朝阳区北苑路180号加利大厦5号楼105室
　　　　　邮　　编：100101
　　　　　编辑部：北京市海淀区花园路6号院B座6层
　　　　　邮　　编：100088
　　　　　电　　话：010-64924853（总编室）　010-64924716（发行部）
　　　　　网　　址：www.zgyscbs.cn　　电子邮箱：zgyscbs@263.net

经　　销：新华书店
印　　刷：汇昌印刷（天津）有限公司
版　　次：2023年3月第1版　　2023年3月第1次印刷
规　　格：880毫米×1230毫米　　1/32　　8印张
字　　数：165千字

定　　价：62.80元
书　　号：ISBN 978-7-5171-4403-8

写在前面的话

《摸象集——现代诗导读》分为三辑。

第一辑《摸象集》是2017—2021年在《特区文学》的"十面埋伏"、"新经典导读"专栏发表的文字，整整5年，凡56则，兹选收44则；

第二辑《观星集》是在《诗刊》的"每月诗星"、"发现"两个栏目发表的文字，凡10则；

第三辑《肖像集》选了一些在各种报刊发表的小文，凡12则，兹选收10则，均为首次结集。个别篇什发表较早，谨作为历史留下的擦痕，或关于某种情谊的纪念，辑录于此。

名曰"摸象集"，原因有二：

一、现代诗的核心在于"象"，无论是物象、意象还是语象。诗的解读即是"摸象"行为。

二、解诗往往"诗无达诂"，故有"盲人摸象"之嫌疑。尤其是第一辑，部分文字属于命题作文，导读文字，多有不逮。

希望这些简陋的文字，能对现代汉诗的普及有所助益。

拙集辑录既成，已逾一年。是师力斌兄促成机缘，幸遇美誉度极高的中国言实出版社。

本志写于2021年4月23日，世界读书日

2022年6月24日，赵思运再志于钱塘江畔云水苑

目录

第一辑 摸象集

| 第一辑 |

摸 象 集

一次生命的"洗礼"

——黄灿然《半斤雨水》导读

全诗以"我来了灵感，改变主意"为界，分为前后两个部分。前后出现了两次"好像它不知怎的要来改变我"，但是体现的精神态度完全不同。

第一次出现"好像它不知怎的要来改变我"呈现的是诗人主体的消极态度，面对一阵蒙蒙雨的到来，诗人是被动的、躲避的态度。"雨"本来是人与大自然相协调的关系，曾几何时却形同陌路。现代人的生命陷于物质功利泥淖而越来越麻木。第二次出现"它不知怎的 / 好像要来改变我"，则是积极主动地承担，"上前将它拦住"，"索性让它 / 淋个够，跟它 / 融为一体"。此时，"雨"成为自然生命的隐喻性呈现，意欲达成诗人主体与自然客体之间"天人合一"的境界。

这种转折基于一种"灵感"，两场雨就像先后跟连的姐妹带来的灵感。这种觉悟，是大自然对现代空心人的唤醒与激活，使我们重新找回原初的生命感性。"它穿过我，像穿过一棵树，/ 在我身上留下约莫 / 半斤雨水，刚好足够 / 将我淋透"。黄灿然的这"半斤雨水"，不是自然意义的雨水，而是赋予了灵魂洗礼的意义。"雨水"作为自然的化身本是无形无量的生命喻体，却以"半斤"来进行数字化修饰，反讽意味十足。

附：黄灿然《半斤雨水》

近来我频频跟雨遭遇，

好像它不知怎的要来改变我。

今天我上山，又碰到它，

当我走进一个密林遮蔽处，

突然一阵喧哗，

远远看见一片蒙蒙雨

像晨雾穿过树林

徐缓而至，下雨的范围

只有半个篮球场那么大，

当它逼到我面前，

我本能地往路边侧了侧身

让它过去，一滴也没沾；

接着又是一阵喧哗，

又有一阵蒙蒙雨

徐缓而至，像一位跟在姐姐背后的

美丽而温顺的妹妹。

我来了灵感，改变主意，

我想既然我有这个缘分

要一而再地跟雨遭遇，

既然它不知怎的

好像要来改变我，
我就索性让它
淋个够，跟它
融为一体吧，这念头
刚萌生，我已
上前将它拦住——
我没有拦住它，
它穿过我，像穿过一棵树，
在我身上留下约莫
半斤雨水，刚好足够
将我淋透。

全球文化语境阻拒性的浓缩表达

——侯马《夜行列车》导读

　　侯马《夜行列车》里有四种身份的人，白人、黑人、黄种人辅导员，以及特立独行的"我"。"夜行列车"是浓缩了的全球文化语境。在逼仄的一个硬座车厢里，诗人意欲展开全球性思考。"硬座车厢"、"耳麦"、"京剧"、"辅导员"等每一个字符都带有密集的信息量。那位"黄种人辅导员"耳麦中的国粹并未唤醒异族文化的呼应，同时也未引起"我"的共鸣，宣告了"辅导员"功能的失效。

　　尤其是最后几句："我用一瓶啤酒 / 打开另一瓶啤酒 / 又把开了的啤酒盖儿盖上 / 打开这瓶啤酒 / 再把开了的这瓶盖好 / 去开又盖上了的那瓶"，既十分生活化，又颇富禅意。这个情境，令我想起埃舍尔的名作《手画手》——精确、逼真而极其荒谬：究竟是左手画右手，还是右手画左手？两只手互相诞生又互相成为对方的悖论。《夜行列车》重复缠绕的圈套叙述，也是精确、逼真、客观的，两瓶啤酒之间反复交替的互相拆解游戏，其内在意蕴却是荒谬的。《夜行列车》又犹如《百年孤独》里那个上校不停地编织小金鱼、不停地融化小金鱼，然后再继续编织小金鱼，那种百年孤独的心态成为经典性的文化凝练。

侯马这首《夜行列车》体现了全球语境下人和人之间既没有情感交流也没有文化交流的孤独文化心态，既是向世界经典致敬之作，又是本土性文化隔绝的个人化表达。

附：侯马《夜行列车》

我们坐在硬座车厢

周围的白人黑人

昏昏欲睡

黄种人辅导员

耳麦传出京剧唱腔

我用一瓶啤酒

打开另一瓶啤酒

又把开了的啤酒盖儿盖上

打开这瓶啤酒

再把开了的这瓶盖好

去开又盖上了的那瓶

"白茫茫大地真干净"之悲

——哨兵《悲哀》导读

相对于那些叱咤风云的诗坛人物，哨兵无疑是一个低调沉稳的诗人，低调沉稳如《悲哀》中的"洪湖"。《悲哀》仿佛偈语，参透了人生。当耳熟能详的"生命在于运动"充斥我们的视野时，哨兵倔强地表达了"生命在于不运动"的人生信条。

东荆河、内荆河、夏水，以及其他河汊均在洪湖县走失，归于长江；而"长江全长万里，穿越十亿国度，但在地球某角走失，仿佛众归宿"。万物行走于世，但"没有一条河流能在洪湖境内／保全自己"，之所以"唯洪湖能保全自己"，成为湖北省最大的淡水湖，全国第七大淡水湖，乃是因为"不动"。万物动静固有其规律，不可力强所致。此诗突出了回环的力量、安静的力量、坚守的力量，此乃宁静致远之境界。

如果诗歌到此为止，充其量也就是一首优秀哲理诗。最后一行"如我命"才是真正的诗眼！前面犹如越放越长、越放越旷远的风筝的牵线，到最后才揭晓出风筝系于"我"的灵魂，高远绵邈的诗意瞬间落地。正是这一条看不见的"线"，使得"我"与"世界／宇宙"产生了灵魂上的联系。前面的境界越是铺排充分，视野就越能荡开，结句与全诗也就越具有张力。走失是一种结局，在静止中保全自己也是一种结局。题目之"悲哀"不是为自己而悲，而是为大千世界而悲，是面对"白茫茫大地真干净"的悲哀。

附：哨兵《悲哀》

没有一条河流能在洪湖境内
保全自己——

东荆河全长 140 公里，横贯江汉平原，却在洪湖
县界处走失，归于长江
内荆河全长 348 公里，串联众多小湖，也在洪湖
县界处走失，归于长江
而夏水是先楚流亡路，深广皆为想象，早已随云
梦古泽走失，归于长江
而其他河汉，不能与长江
并论

而长江全长万里，穿越十亿国度，但在地球某角
走失，仿佛众归宿

唯洪湖能保全自己
如我命

对矫饰的地震诗潮的清洗

——胡弦《平武读山记》导读

　　1925 年，鲁迅给悲剧下过一个论语："悲剧将人生的有价值的东西毁灭给人看。"鲁迅的重点肯定不在"毁灭"，而是在"看"上。"毁灭"是残酷而令人惊惧的，只有在"看"（审视）的过程中，毁灭物（废墟）才能转化为审美对象，因为毁灭物蕴含着曾经的美的东西而成为美的载体。胡弦的名作《平武读山记》在 2008 年汶川 / 平武地震 8 年之后诞生，意图清洗地震诗潮的喧嚣浮躁，而进入真正审美意义的观照。

　　"一再崩溃的山河"、"危崖"、"岩层倾斜"、"大地猛然拱起"、"断裂在空中的力"、"伤痕和星辰的记忆"……胡弦的语言富有表现力和高度概括性，在克制与隐忍之中集聚起刀砍斧削般的力度，营造出一种踏石留印、抓铁有痕的效果，为我们勘察并呈现出平武地震的灾后切面，仿佛一座栩栩如生的文字形态地震纪念馆。他摒弃了激扬的煽情与矫饰，而是凝神屏气地静默在废墟面前，用心灵在向被毁灭的生命默祷。在对"把人生有价值的东西毁灭"行为后果的审视中，诞生了"大爱"。诗中密集出现的 9 个"爱"，显得十分妥帖自然，盖源于对于"地震纪念馆"的灵魂逼视。正是由于倾心于失败与深渊，诗

歌的人性力量才得以在这深沉灾难中诞生，一如西西弗斯反复
向山顶推进的巨石一样，在周而复始的失败里，人生的意义得
以无限延续。

附：胡弦《平武读山记》

我爱这一再崩溃的山河，爱危崖
如爱乱世。
岩层倾斜，我爱这
犹被盛怒掌控的队列。
……回声中，大地
猛然拱起。我爱那断裂在空中的力，以及它捕获的
关于伤痕和星辰的记忆。
我爱绝顶，也爱那从绝顶
滚落的巨石，一如它
爱着深渊：一颗失败的心，余生至死，
爱着沉沉灾难。

暧昧的月亮原型

——孟浪《月亮！月亮！》导读

　　"月亮"作为传统诗学中的原型意象，深深地植根于中华民族的文化基因当中。从《诗经》中的"月出皎兮，佼人僚兮"（《陈风·月出》），到杜甫的"露从今夜白，月是故乡明"（《月夜忆舍弟》），绵延而出一条相思怀人的情感之流。孟浪的《月亮！月亮！》摈弃了古典诗学"诗缘情"的传统，而接续了"诗言志"的传统。

　　在孟浪的诗中，我们可以感受到李白式的孤寂与绝望。孟浪多年寄居他乡，几千年的那轮月亮，还是那轮月亮，但是，在不同人的心理世界投下的月光斑驳不同，留下的月影深浅不一。当独处异乡的时候，孟浪的感受是："影子人的激舞，影子人的 / 高歌，影子人写在我的身上 / 的神伤，镂刻进我的心里"。这多么像李白的《月下独酌》："花间一壶酒，独酌无相亲。举杯邀明月，对影成三人。月既不解饮，影徒随我身。……我歌月徘徊，我舞影零乱。"李白有刻骨的郁闷，但是其诗篇毕竟还折射出文人风骨与大唐气象，孟浪却"被定格在那座位的黑影之中"。他对月光的捕捉是无能为力的，"满月渐渐满了，溢出月光 / 我用手接不住，接住的 / 是流泻开来的、拢不起来

的 / 我的目力——四散的四顾", "我伸出手, 仍然没有 / 接住这枚胭脂, 接住哪怕这枚影子的 / 强烈反光"。

李白在《宣州谢朓楼饯别校书叔云》中满怀远大理想和政治抱负: "俱怀逸兴壮思飞, 欲上青天揽明月。" 这种气概, 恐怕一去不返了。在孟浪的时代, 月亮原型是暧昧的, 处处充满着悖论式的格言: "满月被不满照亮!" 这个结尾, 毫不留情地戳穿了月亮的圆满神话。

附: 孟浪《月亮! 月亮! 》

硕大的明月上升之时
快意地擦一擦我的脸颊
仅仅这一次的轻轻妆点
我就好像永远微醺着的

两层楼或更多层楼高的飞机驰掠
在明月之上, 还是明月之下
我被定格在那座位的黑影之中
精心呼叫: 月亮! 月亮!

满月渐渐满了, 溢出月光
我用手接不住, 接住的
是流泻开来的、拢不起来的
我的目力——四散的四顾

影子人的激舞，影子人的
高歌，影子人写在我的身上
的神伤，镂刻进我的心里
月亮也高傲地卸下她的全部影子

满月了无牵挂，满月
了无披挂，只有众人的心思
攀住了她，本来有一万倍的光芒叠加
如今只有一个匍匐的人！一度高悬目光！

硕大的月亮已抵达顶端
慢慢降了下来，我伸出手，仍然没有
接住这枚胭脂，接住哪怕这枚影子的
强烈反光：满月被不满照亮！

"事实的诗意"，一种诗观
——伊沙《事实的诗意》导读

关于口语诗的争议一直不绝于耳。前几天，一位我很尊重的诗兄在编一本诗选，他很郑重地邀请我推荐伊沙、沈浩波、朵渔、春树四位口语诗人的作品。当我将选出的作品发给他以后，他感觉还是少了点抒情的味道。《事实的诗意》就是我推荐的其中一首。

伊沙这首诗以"事实的诗意"为题目，很好地体现了他多年来关于口语诗文体建设的核心概念——"事实的诗意"。小诗不抒情，不理诗，不宣言。他的语言十分朴素，以纯正的汉语口语处理了一个国际化题材，而传达的价值理念是普适性的。短短八行，却具有极大的信息量，关于战争与和平、人与自然等宏大命题都通过宇宙中这一小片4公里宽的土地得到集中体现，达到"尺幅万里"之效。这种"诗意"不是靠的"叙事"，而是"叙述"，在对司空见惯的"三八线"实施的叙述过程中，内在结构不动声色地形成了反讽，一瞬间把"诗意"照亮了！

附：伊沙《事实的诗意》

三八线

不是一条线

它有 4 公里宽

南北朝鲜划定的

非军事区

60 年过去了

成为世界上

最成功的动物保护区

"古典性"如何及物？

——陈先发《养鹤问题》导读

  陈先发有很多拥趸，但是陈先发的诗，读透又很不容易。有人把陈先发归结到古典派，有人归结到现代派。其实，谈论陈先发，不应该从概念出发。陈先发是无法被套进任何一种主义和流派概念的独特的"这一个"。对于一般作者来说，呈现出来的"古典性"往往是可以量化的，比如，会加一些古典诗词中的意象，加一些文学史中的人物符号或文化符号，或者援引一些经典诗句，以这些增量表明一种传统诗学立场。这样的"古典性"在实质上是装饰性的、封闭的、僵死的、标本性的，远离了个体生命感受和现实关怀，因而是不及物的诗写。陈先发的古典性是氤氲着的一种"气"，这种气息是含混的、不可量化的内质。因而，他的古典性不是装饰性的，而是深植于他的灵魂深处，感应着现实生存的脉动，探触到历史肌理释放的体温。

  《养鹤问题》不是单向度地对传统文化继承抑或反动，而是实现了对于传统文化和当下现实的双重及物，甚至是对流行的古典与传统取向的反思与批判。"鹤"本来是一种超拔飘逸的文化人格象征，但是，在今天的文化语境里，这种稀有的文化资源正在面临着绝杀，虽然它在内心"哭着密室政治，也哭着街头政治"，但是外在表现是"缓缓地敛起翅膀"，根据末世的规训，"长出了更合理的形体"，体现出自我人格的分裂、异化与变形。这种传统文化的"过度自适性"与"自戕"恰恰是现代社会的糟粕。"写诗"作为"少数人的宗教"也放弃了灵魂修炼的热情，"从一个批判者正大踏步地赶至旁观者的位置上"。诗人角色越来越尴尬，"我是个不曾养鹤也不曾杀鹤的俗人"既不是传统文化人格的继承者，也不是告别传统文化的现代人。这种"零余者"、"多余人"，正是当下大多数诗人的写照。

附：陈先发《养鹤问题》

在山中，我见过柱状的鹤。

液态的或气体的鹤。

在肃穆的杜鹃花根部蜷成一团春泥的鹤。

都缓缓地敛起翅膀。

我见过这唯一为虚构而生的飞禽

因它的白色饱含了拒绝，而在

这末世，长出了更合理的形体

养鹤是垂死者才能玩下去的游戏。

同为少数人的宗教，写诗

却是另一码事：

这结句里的"鹤"完全可以被代替。

永不要问，代它到这世上一哭的是些什么事物。
当它哭着东，也哭着西。
哭着密室政治，也哭着街头政治。

就像今夜，在浴室排风机的轰鸣里
我久久地坐着
仿佛永不会离开这里一步。
我是个不曾养鹤也不曾杀鹤的俗人。
我知道时代赋予我的痛苦已结束了。
我披着纯白的浴衣，
从一个批判者正大踏步地赶至旁观者的位置上。

告别温情主义

——江雪《除夕的抒情方式》导读

今年 8 月中旬，我在一个青年诗歌研讨会上，提出一个观点，要想把诗写好，一定要抛弃把诗歌当作抒情言志的工具论。历史上的"诗缘情"和"诗言志"都已经无法进入现代诗的内部。我的观点有点绝对，招致了其他诗人的一致控诉！但是，事实上，你环顾一下诗坛，就会发现，廉价的抒情和言志议论，充斥着、污染着读者的视野。我并不是笼统地反对抒情诗，而是主张告别廉价的温情主义。我之所以推荐江雪的《除夕的抒情方式》，大概是由于其比较符合我的抒情诗理念。

江雪的诗心是炽热的，但是，他从来没有温情主义，而是专注于生存的冷硬荒寒状态。关于除夕，关于春节，已经构成了国人的抒情原型，成为抒发温情、憧憬、希望等乐观主义情感的载体。而江雪反其意而用之，写道："寒冷，早已成为节日的幽暗传统 / 温良，呈现遁世者的本性"。"围坐在餐桌旁"这一经典性家庭情境，江雪并没有赋予传统的家庭伦理之温情，而是无情地揭穿了每个个体的荒谬："说谎者继续说谎，饕餮者继续 / 饕餮，疯癫者继续 / 疯癫"。他从"我们围坐在餐桌旁"召唤出另外一个极富象征性的场景："我们围坐在墓碑旁。"他不是像一般作者那样抒发关于未来的美好臆想，而是把视线投向过去，审视"一个王朝的简史"，在历史的检视中，唤醒墓中的灵魂。

艾略特认为："诗不是放纵情感，而是逃避情感；不是表现个性，而是逃避个性。"其实，艾略特并不是刻意将抒发情感与逃避理性、表现个性与逃避个性做二元对立性的规定，而是避免将现代诗沦为个体抒情和言志的工具，进而从诗人的精神世界拓展出更为扩大的空间。因此说，本诗开头所写"那些来自德国和法兰西的 / 大师，在岁末问候一个中国诗人 / 问候土地的屈辱"并非闲笔，而是为本诗涂上一层现实底色和精神哲思。

附：江雪《除夕的抒情方式》

木色书架上的青藤

遮蔽、纠缠哲学家的窗口

那些来自德国和法兰西的

大师，在岁末问候一个中国诗人

问候土地的屈辱

问候人们在星光下的沉默

寒冷，早已成为节日的幽暗传统

温良，呈现遁世者的本性

除夕降临，抒情的鬼神

在哀思中激活僵硬的祈祷词

我们围坐在餐桌旁

说谎者继续说谎，饕餮者继续

饕餮，疯癫者继续

疯癫

我们围坐在墓碑旁

观察、抚摸那些失传的碑铭

一股青烟从墓孔冒出

那一刻，我们回溯一个王朝的简史

包括墓中人，灵魂出窍的

绝响……

"受命"之路

——胡弦《路》导读

读胡弦的这首《路》，我反复想到 1932 年臧克家创作的那首《老马》："总得叫大车装个够，/它横竖不说一句话，/背上的压力往肉里扣，/它把头沉重地垂下！/这刻不知道下刻的命，/它有泪只往心里咽，/眼里飘来一道鞭影，/它抬起头望望前面。"这条路，也正是那匹"老马"曾经走过的路。

臧克家写马，状写其衰弱病残的外形十分逼真质实，而进入其隐忍负重的心境与命运摹写，却又具有丰富的象征意味，从而形成了关于特定动荡混乱时期底层群体不幸命运的隐喻。胡弦笔墨聚焦于"路"，其实也是刻画人类的命运。这条被践踏、被抛弃的"路"，高度概括了"路"上的"人"所处的境遇："比阶层直，比尘埃低，比暴政宽，身上/印满谵妄的脚印。"这条从 30 年代延伸过来的路，还要继续向前延伸。延伸到哪里？是一个未知数。这条路的迷茫，属于中国语境，也属于全人类。如果说，臧克家还有一点无奈中的"类似希望"的东西："眼前飘来一道鞭影"，那么，胡弦呈现的只是"沉默"，"伴随它的沉默并靠向/时间的尽头"。出现三次的"受命"，强化了"主体"的无力感和宿命感。无疑，胡弦是更清醒的。

　　相对于臧克家的《老马》，胡弦的《路》更抽象，更具象征性。这首诗在技术层面属于臧克家之外的一种写法，甚至比臧克家写得还要好。但是，这首诗相对于胡弦的优秀诗作来说，并不是最优的，毕竟象征性的东西显得还不够充盈和丰满。话说回来，"瘦死的骆驼比马大"，在庸诗流行的时代，这首诗还是值得推荐的。

附：胡弦《路》

它受命成为一条路，

受命成为可以踏上去的现实。

它拉紧脊椎扣好肋骨因为人多，车重。

当大家都散了，它留在原地。

在最黑的夜里，它不敲任何人的门。

它是睡眠以外的部分，

它是穿越喧嚣的孤寂，

比阶层直，比尘埃低，比暴政宽，身上

印满谮妄的脚印。

当它受命去思考，蟋蟀开始歌唱。

它废弃时，万物才真正朝两侧分开，一半

不知所终；另一半

伴随它的沉默并靠向

时间的尽头。

为灵魂赋形

——伊沙《鸽子》导读

口语诗体近年的迅猛壮大带来了诗坛前所未有的"喧嚣"，也招致了不少"诟病"和非诗学的攻击与谩骂。早在 2000 年，伊沙用口语体完成的一首意象诗《鸽子》，在今天看来仍然是一首杰作！它将对口语诗的质疑者打出一记漂亮而响亮的耳光！

《鸽子》是一首骨气奇高之作！它以极强的镜头感勾画出一幅深刻的灵魂剪影。在一场冲天大火的劫难中，"鸽子"不仅没有死去，反而浴火重生，获得了凤凰涅槃一般的生命升华。镜头从"平视"逐渐变成"仰角"，从"远景"变成"近景"乃至于"特写"，虽然穿过冲天大火的"白色的鸽子"肉体成为"一只黑鸟"，甚至变成"灰烬"，但是仍然保持"鸽子的形状"，依然保持着倔强的"前倾"的"高飞"姿势。这是高贵的精神剪影。"鸽子"的形象经历了"白色的鸽子"——"黑鸟"——"灰烬"的演化，短短的 10 句，出现了 4 次"飞"，形成的内在"力的图示"，构成了无法穷尽的强大精神"势能"。"鸽子"意象从形似到神似，简洁有力，具有"踏石留印、抓铁有痕"的强度。

附：伊沙《鸽子》

在我平视的远景里

一只白色的鸽子

穿过冲天大火

继续在飞

飞成一只黑鸟

也许只是它的影子

它的灵魂

在飞　也许灰烬

也会保持鸽子的形状

依旧高飞

穿越死亡的爱

——刘川《对话》导读

刘川是拥有很多代表作的诗人。他既有精警奇特之作，又有洗尽铅华之作。他的《对话》就属于后者。甚至我这篇赏析也用了一个极其俗套的题目"穿越死亡的爱"。这首诗的内涵似乎不必赘述。他写父子之爱，朴实无华，没有抒情，没有叙事，没有议论，更没有煽情和升华，但是过目不忘，刺痛心扉。

这首诗的技巧就是无技巧。父子对话全是家常语，但是二者的语言之间形成了极大张力。他们的对话构成的是既"相背"又"相向"的悖论关系。从"父亲"对"儿子"的应答看，他似乎一直在"疏离"着儿子的"关切"和"呼唤"，一直在坚决地不可逆转地对现世表达出"舍弃"的意志。舍弃"躯体"，舍弃"手"，舍弃现世的"空气"、"水"，舍弃手表的时间，舍弃"鞋子"、"道路"，舍弃"书"，舍弃"垂钓"。他坚决地走向"另一个世界"。诗人用"生日"和"死亡"两个词连接了"此岸"与"彼岸"。他在生日之时死亡，隐喻着从此岸进入彼岸。这之间没有声嘶力竭的痛苦，而是达观的连续关系。二者的关系就是从一扇门到另一扇门的关系，这是时间关系，也是空间关系，更是精神之旅和生命之旅的必经之路。父子之间又是"相向"关系。父亲用"死亡"为儿子做最后的"启蒙"——"你一直跟在我的身后"。"跟"的内在动力便是"死亡也无法阻止的"父子之"爱"。

附：刘川《对话》

父亲，站起来，你不是一直这样鼓励我吗

不，这躯体太重了，总算扛到终点了

抓我的手，父亲，像从前那样

孩子，我太虚弱了，我的手被它自己的重量握住

我挣不脱

父亲，你为什么不呼吸、不喝水

不，不久之后我也是空气、水以及万物

父亲，从此你吃什么

泥土？种子？沉默？不，我也不知道

但我知道我再也不会饿了

你腕上的表停了，我来上弦吧

不用，我的孩子，我已经不需要时间了

那么我给你穿上鞋子吧

不，道路已经不再需要我

父亲，这书本你还看吗

看，但我的眼睛睁不开

也许我该看到一些不用眼睛的书

父亲，鱼竿你也带上吗

不用了，从此河边每一个垂钓的老者都是我

我是他们身后忠实的影子

父亲，今天正是你的生日啊

是的，我正去另一个世界诞生

父亲，为什么抛弃我

不会的，你一直跟在我的身后，现在

我不过进入了另一个房间

而不久后你也会找到它的门

父亲，我要听你讲话

那就听吧，我一直在你的记忆里讲个不停

可是，父亲，我多么爱你

好孩子，我也是，这是死亡也无法阻止的

是盲人在拯救迷途之羊

——朵渔《夜行》导读

朵渔的《夜行》内在的戏剧性结构充满了悖论。"制度"与"羊"，一个强悍而刚硬，一个柔弱而纯洁。面对遍地野生的制度，羊没有绝望，而是满怀希望，"一只羊在默默吃雪"，似乎逆来顺受，其实是在坚韧地寻找着生命，羊吃的不是雪，而是雪中的草。朵渔笔下这只柔弱之羊，为我们带来了安静的定力。

而现实是，穿梭于世界的脸，一方面"集礼义廉耻于一身"，集中体现了传统文化驳杂的人格底色，其实"生活在甲乙丙丁四个角色里"，又是极其分裂的。这张"周游世界的脸"不是生机盎然的脸，而是蕴含着矛盾性修辞，犹如一个木偶，具有不同的面具和角色，这种表演性生存，是虚幻的、虚假的、分裂的，没有统一的主体。在人性的暗夜里，在制度的暗夜里，还有人在"爱着"，这种爱根植于个体内心，而不是外在的盲杖。"盲人将盲杖赐予路人"，这是戏剧化的关系，也是悖论。"盲人"的内心之爱，让庸常的众人获得夜行的勇气。

朵渔的很多精神资源来自苏俄文学，托尔斯泰内心的宗教感也深深滋养了朵渔的精神之境。朵渔笔下这个"盲人"形象同时也让我想起了高尔基笔下的丹柯。《丹柯》是高尔基1895年创作的一部浪漫主义作品。当时俄国正处于大革命的准备时期，在黎明前夕的黑暗中，高尔基创作了"丹柯"这一光辉的勇士形象，希望能照亮黑暗中人们的心灵，鼓舞人们摆脱奴役，追求自由。丹柯在阴暗的大森林中，毅然带领族人从被奴役的命运中逃脱。在寻找出路的过程中，面对族人的抱怨与质疑，他未曾放弃，体现了担当的勇气。而在最后，面临难以克服的困难时，为了能够带领族人走出森林，他毅然扒开胸膛，用心来照亮前方的路。然而当他带领族人走出森林后，族人欢呼雀跃，而他却倒在地上无人理睬，也揭示了这是一个悲剧式的英雄形象。

朵渔笔下的这个"盲人"，以凡人的姿态，默默地做着丹柯式的努力。因为摒弃了"英雄的传奇感"而更具有人间性。这个"盲人"就像那只"羊"一样，在冷漠荒寒的文化语境下，"盲人将盲杖赐予路人"。盲人内心世界一片光明，而路人仍在精神与人性的暗夜中行走。是盲人在拯救我们这些迷途之羊。

附：朵渔《夜行》

手心冰凉。真想哭，真想爱。
——托尔斯泰1896年圣诞日记

夜被倒空了
遍地野生的制度

一只羊在默默吃雪。

我看到一张周游世界的脸
一个集礼义廉耻于一身的人
生活在甲乙丙丁四个角色里。

我们依然没有绝望
盲人将盲杖赐予路人
最寒冷的茅舍里也有暖人心的宴席。

汉诗传统的现代转化

——赵目珍《渔父》导读

赵目珍是古典文学博士，其文其人，不可避免地浸淫了古典气质。在诗学如何接续传统方面，他可以给我们一些有益的启示。《致李贺》、《怀念李白》、《楚魂》、《神话》、《在长江之外思念黄鹤楼》、《又到江城》、《西湖记》、《隐喻》等怀古之作，既有楚骚文化之浪漫瑰奇，又有儒家文化之沉稳忧患，不仅意在还原古代文人的精神人格，在某种程度上，这些传统人格也是赵目珍个体人格的确认和外化。正由于赵目珍厚实的古典文学学殖，他的诗作在传统与现代之间达成了较好的平衡。意象的锤炼、意境的营造、语言的整饬，都颇富古典韵味。

《渔父》由"渔船"、"白鹭"、"桃花"、"鳜鱼"、"蘋洲"、"烟川"、"残阳"、"渔歌"、"轻舟"、"低篷"等传统诗学意象组织起一个意象群，"人"、"自然"、"历史"通过密集的诗歌意象"三位一体"地浇铸为浑成的艺术整体，凸显出核心意象"渔父"，而且把这一核心意象置于历史的浩渺波涛中，重铸"渔父"这一人格象征符号的现代意蕴。他表现的既不是隐逸思想，也不是与大自然相契的单纯审美，而是"勘破人生的仕宦"的傲岸于历史围笼的独立精神人格，在最传统的诗学意象中，彰显出富于现代感的主体意识。我们在新诗的河流上总是急于否定和颠覆、以先锋为时髦，而一直没有心思欣赏两岸的风景。当我们蓦然回首时，在"泛口语"和"无边叙事"的诗歌语境里，非常有必要深切反思如何回寻传统汉诗智慧，如何激活"汉诗传统的现代转化"这个老生常谈的话题。当然，传统诗学形态如何面对当下语境、如何做到"及物性"，也是本诗激起的另外一个方向的思考。

附：赵目珍《渔父》

是江南，总也躲不开你们的身影。
你们和鱼虾，同样是水畔寄生的宾客。
傲煞王侯，不食人间半点烟火。

西塞山。两千年。桃花，染红你
不朽的渔船。白鹭点点，缀着青山。
鳜鱼上钩，兀自也钓一尾清闲。

五百年后。是谁？又忆起华镫雕鞍。
封侯的酒徒，再一次将朝廷灌醉。
你终于，也勘破人生的仕宦。
镜湖的波涛，拍打着遥远。
你八尺的轻舟，三扇低篷，占断了蘋洲数里烟川。

历史，总喜欢藏匿烟波。你们，与鱼虾

一起，在风雨里放歌，跟着水痕，慢慢消磨。

如血的残阳，水面又洒满了渔歌。

几片羽毛，背起落日，散入长河。

"移情"之美

——吕德安《晨曲》导读

　　吕德安的诗和画都有一种天然之美，一种幽静的水墨味道。吕德安的《晨曲》也是一首自然之诗、寂静之诗。诗人自己几乎就是"寂静"的化身："四周弥漫着房子落成时的 / 某种寂静"。所以，诗的一开始，诗人就表达了一种"意外之感"："我原没想到，我竟然拥有一所 / 自己的房子"。在房子周围，意外发现的那些石头，也是吕德安的灵魂伴侣。他似乎特别喜欢石头，他有一本书取名就叫《顽石》。1994 年，吕德安以一千块一亩地的价格，在福州北面一座山上买下一块地，用石头砌了个两层小楼，屋后有一条小溪。可以说，吕德安院前的"石头们"给他带来了无穷无尽的艺术灵感。他把自己本真的自我全部都移情到寂静的"石头"物象之中。

　　德国心理学家、美学家立普斯提出一个美学概念"移情说"，在他的《空间美学》一书中做了全面、系统的阐述。他认为，产生美感的根本原因在于"移情"。所谓"移情"，就是我们的情感"外射"到事物身上去，使感情变成事物的属性，达到物我同一的境界。"移情说"认为，只有在这种境界中，人才会感到这种事物是美的。吕德安对"石头"的"移情"之美，不是粉饰性的，而是原生态的。他拒绝"点石成金"的态度，因此，摒弃了"文化"、"象征"等元素对自然本体的任性涂抹，他爱的就是那种"原原本本的一堆乱石"，无论"浑圆"还是"残缺"，他都是以"真心真意"待之，正因为"真心真意"，他眼里的石头才"手舞足蹈"。这种"移情之美"是发自内心的，而不是概念化的。

附：吕德安《晨曲》

我原没想到，我竟然拥有一所
自己的房子，院前一大堆乱石
有的浑圆漆黑，从沃土孵出
有的残缺不全，像从天而降

四周弥漫着房子落成时的
某种寂静，而它们是多出来的
看了还让人动心：那满满一堆
或许能凑合把一道围墙垒成

但如果你不知道这些，路过时
猜不出它们出自何处，却偏偏
只晓得一句老话：点石成金
那么你怎能将我的心情揣度

啊，原原本本的一堆乱石
我想先挑出一块，不论它
是圆是缺，或是高兴或是孤独
我们真心真意，它就会手舞足蹈

"命"令我沉默

——左右《命》导读

人们常常谈到诗歌的"及物性"，但是，在很多时候，我们对诗歌的"及物性"做了狭隘的理解，误以为"及物性"就是单纯对社会现实和历史的有效指认，甚至更狭隘地把"及物性"视为"干预现实"的功能表现。其实，对于真正的艺术来说，"及物性"最核心的要义应该是有效抵达读者的灵魂。左右的《命》就是一首强烈击中读者心灵深处的"及物"佳作！

左右的几乎所有的诗歌都指向一个关键词，那就是"命"。命运感是他写作的出发点，是他不断写作的源泉。诗歌是左右的生命器官。他通过诗歌器官去触摸世界的冷暖，世界亦通过诗歌器官去探触左右的人性温度和生命心跳。左右的写作是真诚的、内敛的，他借助诗歌勘探自己的命运。不是外向的、扩张的，而是自我观照。"我挖了一个坑。""又把它埋上。"动作是内敛的封闭结构，但是，诗歌的内在空间却是无限敞开的："我为命运埋下的纸钱／没有人会知道"，包容了那么多难以言传的灵魂之孤独和命运之悲苦。

卡夫卡说过："我们需要的书，应该是一把能击破我们心中冰海的利斧。"《命》就是那把能够击中庸常心灵的"利斧"。这是一个人的行为艺术，是左右的生命寓言，同时，也是人类命运的寓言，是写给每个人的命运谶语。这把"利斧"在左右的同名诗集《命》中，反复出现，用尖锐的"斧尖"轻轻地为我们揭开了残忍而温情的命运的缝隙，令我们在"沉默"中心潮澎湃。

附：左右《命》

我挖了一个坑。挖了一会儿

看着它

又把它埋上。我为命运埋下的纸钱

没有人会知道

古老神话的解体与现代位移

——宋琳《长得像夸父的人》导读

"夸父逐日"的故事最早见于《山海经·海外北经》："夸父与日逐走，入日；渴，欲得饮，饮于河、渭；河、渭不足，北饮大泽。未至，道渴而死。弃其杖，化为邓林。"在这一神话的象征隐喻系统里，主要有两种蕴意：一是与时间和太阳竞走，升华出"企图超越有限生命的束缚、实现对生命永恒的渴求"的民族精神；二是盗天火给人间的普罗米修斯式的牺牲精神。无论哪一种含义，都"曾经被傲慢和野心施了魔咒"，蕴含着人与自然之间的尖锐对立与紧张关系。宋琳的《长得像夸父的人》则彻底放弃了这种对立关系和紧张关系，实现了对"夸父逐日"神话的颠覆与解构。

诗中的"他"虽然在外形上，"长得像夸父"，但是，内在精神上已经没有任何余脉："他不知道桃树枝曾经是他祖先的一根手杖"，祖先"弃杖化为邓林"的精神延续性，在这里呈现出"阻断"状态。他的行为不是"飞出窗去追赶那火轮"，而是"坐在房间里／在一根桃树枝上消磨下午的时光"，他内心蕴含的不是为人类盗天火而牺牲自己的大无畏精神，而是"为周末的郊游做一根手杖"。由于他放弃了关于太阳的急功近利心态，一切都慢了下来，"太阳也慢了下来／像一只好奇的灯笼飘进窗子里"。这种从容淡定的现世生活，不正是生活的真谛吗？我们叫嚣了那么多年"人定胜天"，现在终于悟出了活着的味道。

现在流行着一个重要话题——新诗的传统接续问题。但是，很多人都陷入了题材决定论，传统的典籍和文化意象往往成为一种装饰性的存在。殊不知，新诗的现代性与传统性是在互相观照中重塑自身的。宋琳的《长得像夸父的人》不动声色地改写了古老神话，发生了现代位移，实现了现代性对传统性的烛照。

附：宋琳《长得像夸父的人》

他没有飞出窗去追赶那火轮

像那位长着飞毛腿的祖先

他坐在房间里

在一根桃树枝上消磨下午的时光

——为周末的郊游做一根手杖

他不知道桃树枝曾经是他祖先的一根手杖

曾经被傲慢和野心施了魔咒

他削得很慢

面对那善变的木头小心翼翼

由于他的慢，太阳也慢了下来

像一只好奇的灯笼飘进窗子里

外面，子弹列车疾驶而过

他继续削着那根手杖

在二十一世纪的某个黄昏

现时代的"文化遗民"

——飞廉《春山晚晴》导读

　　飞廉的几乎每一首诗都带有鲜明的个人精神气息，显现出飞廉特有的诗学语法。他对古典文化典籍精研甚勤，但是，他的择取倾向性都有一个清晰的灵魂指向——历史与现实的倾颓之痛。"凤凰山系列"是其代表作，《春山晚晴》即为其一。

　　飞廉1997年来杭州读大学，先在宝石山、栖霞岭下苦读了四年，接着于京杭大运河边住了三年，凤凰山上八年，钱塘江边五年，而今又搬回了宝石山下。其中，最深入飞廉骨髓的是凤凰山岁月。飞廉说："过去的年代，文字里的人物，往往比当下更真实可信。河南—杭州，我的双重地域身份，有时让我觉得自己就是北宋仓皇南渡的一员，泥马过江，至今很苍老地活着。"南宋建都杭州凤凰山，为皇城。"方圆九里之地，兴建殿堂四、楼七、台六、亭十九。"南宋亡后，宫殿改作寺院；元代火灾，成为废墟；明代成为人迹罕至的蛮荒之地；现还有报国寺、圣果寺、凤凰池及郭公泉等残迹。凤凰山可谓历史兴亡的见证。从1997年到写作本诗的2011年，飞廉的感受是"败退如南宋"，"偏安于杭州"。在很大程度上，飞廉使自己活成了业已湮灭了的传统文化人格符号。因此，他夫子自道："我这旧时代的钝书生，/以简朴来安身立命。"

在他的笔下，有两大意象群落，一类是落拓的传统文人群像，如大多是避祸文人的形象，如庾信、贾谊、王维、杜甫、李白、严子陵、郭泰、顾宪成、屈原、庞统、向秀、嵇康、阮籍、王羲之、山涛、陆机、陆云、刘伶、张岱、苏武、黄仲则、龚自珍、孔尚任、贾岛、郁达夫、周作人、胡适、陈寅恪；一类是凤凰山等自然意象群落。一方面是"陈寅恪犹峭然冷对"，另一方面是"屈从于这阵鸟鸣"。"屈从"一词，言外之旨，异常丰富。他在《钓台春昼》里说："我不是战士／也无心作隐者。"他规避了二元对立的生存方式，而是在"苍颓、荒凉、虚空"中寻找个体的生命意义。这个"凤凰山上，练习采薇"的"钝书生"，他内心始终有一种强大的力量去寻找灵魂故乡，这个灵魂故乡已经超越了"河南—杭州"，超越了"北宋—南宋"，超越了"历史—现实"，而指向形而上的心灵世界。

附：飞廉《春山晚晴》

雨后，落日照满山新绿，
我的竹林兄弟，今春，

又少了一人。怀着致命
的软弱，我败退如南宋，

十四年来，偏安于杭州，

凤凰山上，练习采薇。

我这旧时代的钝书生，
以简朴来安身立命。

乱石间，陈寅恪犹峭然冷对，
而我，只屈从于这阵鸟鸣。

"不可言说"的"元诗学"

——毛子《那些配得上不说的事物》导读

诗究竟是一种"言说",还是一种"不可言说",是一桩永远不能得出结论的公案。毛子的《那些配得上不说的事物》呈现了这一诗学表达的悖论,从而具有了诗学自述的"元诗"意味。

臧棣在1993年给戈麦的诗集《彗星》写的序里说道:"诗歌不是抗议,诗歌是放弃,是在彻底的不断的抛弃中保存最珍贵的东西。诗歌也不是颠覆和埋葬,诗歌是呈现和揭示,是人类的终极记忆。"在毛子看来,诗呈现的是古老的"抽屉"而不是现代的"保险柜";是古老的"河床"而不是逝者如斯的今天的"河流";是古代的"冰川",不是今天的"雪绒花";是"过期的邮戳",不是"有效的公章"……他一边在"放弃"着现代的生存技术,一边在"言说"着古老的生存秘密。但是,"言说"的真是保存下来的"最珍贵的东西"吗?诗的言说真能抵达"人类的终极记忆"吗?"介于两难"的毛子是犹豫的。他"视写作为切割",一方面抛弃非诗的东西,一方面选择诗的言说对象。但他立刻又意识到:他所言说的,并不是"在",于是,他的诗最终选择了"沉默"。这个悖论正是"元语言"的悖论。

　　元语言有一个重要特点——非自反性。就像你伸出右手用力击打，却无法击中自己的右手；你伸出左手用力击打，也无法击中自己的左手一样。当我们在诗中言说自己如何言说时，其实也陷入了元诗学的自我指涉之悖论。这宿命一般的言说悖论，正是人所特有的古老的自我认识。

附：毛子《那些配得上不说的事物》

　　　我说的是抽屉，不是保险柜
　　　是河床，不是河流

　　　是电报大楼，不是快递公司
　　　是冰川，不是雪绒花
　　　是逆时针，不是顺风车
　　　是过期的邮戳，不是有效的公章……

　　　可一旦说出，就减轻，就泄露
　　　说，是多么轻佻的事啊

　　　介于两难，我视写作为切割
　　　我把说出的，重新放入
　　　沉默之中

像堂吉诃德一样的哈姆雷特

——袁行安《风波恶》导读

袁行安的诗一向很晦涩难懂。我这里就做隐喻式引申解读。就从诗中的人格符号"哈姆雷特"开始展开猜想。《哈姆雷特》是英国剧作家莎士比亚的一部悲剧作品。哈姆雷特本来是一个单纯善良的理想主义和完美主义者，又是一个沉湎于"生存还是毁灭"的人生困境的忧郁王子，最终这位人文主义者的悲剧结局，隐含了莎士比亚对充满隐患而又混乱的社会的深刻思考。在本诗中，哈姆雷特身处的环境是"混入集中营"，"牙印与污泥，堆积／在你的袍子上"，让我们联想到张爱玲那句名言"生命是一袭华美的袍，爬满了蚤子"。哈姆雷特的人生是被牙印诅咒的，他的命运是被满身的泥巴污名化了的。哈姆雷特的个人悲剧也是当下人文知识分子普遍所处的不幸境遇。

这个单纯的哈姆雷特，犹如孤身大战风车的堂吉诃德。堂吉诃德是塞万提斯长篇小说《堂吉诃德》的主人公，一位不合时宜的中世纪骑士。他像一个不谙世事的诗人，"手持舞台，练习危险的反讽"。他的"反讽"又像一个喊出"皇帝没穿衣服"的天真孩子，毫不留情地撕破这个时代的疮痍和异变。他为了高尚的目标，不怕牺牲，伸张正义，却又奋不顾身地陷入了

"无物之阵"。堂吉诃德的作为，在庸众看来是荒唐可笑的。犬吠冰雪耳。哈姆雷特似乎又成了那个割掉耳朵的梵高，这个冬天，他似乎没有听到吠雪之喧嚣，因为他的鼓膜里一直有春天在跳动。

哈姆雷特的悲剧在于，他已经最早觉醒步入了文艺复兴时期，而周围环境却还是堂吉诃德的中世纪。这种深刻的错位，构成了循环不已的历史悲剧模式。

附：袁行安《风波恶》

牙印与污泥，堆积
在你的袍子上：天赐的众生相
（生动，淌着涎水与失控的表情）进入琥珀。
混入集中营的哈姆雷特，
手持舞台，练习危险的反讽。
犬吠冰雪，担忧你委身度过冬天的耳朵。

一部另类史诗大片

——杜思尚《1914 年的足球赛》导读

杜思尚的《1914 年的足球赛》是一部史诗大片，却又是一部异情另类史诗！"泥泞阴冷的战壕"、"雨水浸泡的尸体"是耳熟能详的一战影片经典场景或镜头。面对残酷的人类战争史，人们最常说的便是"历史拒绝遗忘"、"牢记历史"等反战用的通例语言。杜思尚的《1914 年的足球赛》也是反战立场，但是他"反其意而用之"，不是展示战争的残酷，而偏偏是忘记了已经过去一百年的轰轰烈烈的战争场景。他从独特的日常角度切入历史，书写了圣诞节期间交战双方的士兵，竟然放下手中的枪炮，踢起了足球，在生死场上，完美诠释了连强大的死亡也无法战胜的生命激情释放！这是在历史废墟上绽放的人性之花，格外耀眼！生与死，悲惨与快乐，绝对对立的生存体验，如此畸形地纠结在一起，既是悖论，又是人性的逻辑使然。在漫长的历史隧道里，这或许是昙花一现，但是穿越了历史雾霾，像一把锋利的刀子，撕开了沉重的血痂！

这首诗角度奇异，思想深刻，但效果自然妥帖，大概与日常口语的运用有关。杜思尚从本来十分普通的一场足球写起，达到了四两拨千斤的历史思考和人性思考，这难道不是最经典的"事实的诗意"形态吗？！

附：杜思尚《1914 年的足球赛》

泥泞阴冷的战壕

雨水浸泡的尸体

这些第一次世界大战的画面

已经过去一百年了

我现在能记起的

是那个圣诞节

交战双方的士兵

放下手中的枪炮

在战场上踢起了足球

场外

士兵们交换着烟丝、朗姆酒

从怀中掏出家人的照片

庆祝进球

干净清新的欲望书写

——薄小凉《竹叶青》导读

薄小凉是一个新人，她以初生牛犊不怕虎的精神，以天真纯洁的欲望书写，刷新了情色诗的境界。她的诗歌审美形态融宫体、民歌、谣曲于一体，既古典又现代。她笔下的爱情在郁勃的欲望底色上，凸显的是健康的人性。

至于《竹叶青》这首诗，颇有小清新的味道。本来，"南山大啊，适合为非作歹 / 适合与这世道对着干"，境界可以往大处拓展。但是，旋即钻进了小小的"夜晚"，"小到一颗烛花，一粒纽扣 / 一声喘息"。这个女孩子不是《红高粱》里敢爱敢恨、泼辣果敢的"九儿"，而是一个情窦初开的少女，她细腻的心思，柔弱，纤细。"女孩子到底有多少只小脚啊"，极其丰富的情感触角，描摹得可触可感，"不老实"三个字，状写出"乐而不淫，哀而不伤"的内心戏。总体来看，这首诗还仅仅是一个非常漂亮的片段，境界略显狭窄，内在世界的复杂性尚未开掘出来。清新动人之余，令人遐思的空间毕竟还不够。薄小凉的长处在于以整体取胜，多首诗歌连缀起来，可以形成绚烂多姿的织锦，而单首短诗，则适合做漂亮的头巾或饰品。

附：薄小凉《竹叶青》

当我说到这三个字，人间就清明了

腰直了，眸子也亮了，南山

南山大啊，适合为非作歹

适合与这世道对着干

也适合和一个好看的姑娘周旋，猜度

欺负她

看她咬红了嘴唇，不敢声张，夜晚

夜晚小啊，小到一颗烛花，一粒纽扣

一声喘息。女孩子到底有多少只小脚啊

柔弱，纤细，每一只都

不老实

烈火难以下咽的"一颗牙"

——卢山《种牙术》导读

卢山的《种牙术》是一首本事诗。他曾在而立之年因牙疾而种了一颗牙齿。但是，这颗牙齿并不是单纯的写实，而是由于诗人的"移情"，赋予了这颗牙一种深邃的象征意味："种下一颗牙"就是"种下老虎的咆哮／让他一生敢于啃生活的硬骨头／吃体制的螺丝钉"，这是自我生命力量的确证。

如果将这首诗与2015年前后的《生锈的人》、《锈说》等作品的基调做一个比较，倒是很有意思。在那些作品里，卢山频繁地使用了"铁"、"锈"、"螺丝钉"等意象，流露出一种浓郁的颓败气息。从很大程度上讲，"锈"成为我们这个时代的一种征候。"锈"是钢铁水泥时代的物象化隐喻，它既是历史进程中的时代磨蚀物，又是个体生命异化和精神征候的沉积。卢山敏锐地捕捉到个体随着时代逐渐"生锈"的"惊心动魄"的过程。而《种牙术》则是在朽败的时代里，注入了生命的强力意志，"牙"成为诗人精神人格的外化和载体，"我说话够硬　从不服软"的性格与这颗坚硬的牙齿，合二为一。如果说，诗歌写作是个人生命意义的确证，那么，将这颗牙齿比喻为"我一生的诗篇里／最坚硬的一个词语"，就像一首诗的"诗眼"，点亮了人生。

　　本诗精练而饱满，以个人化的物象，表达独立的硬骨头人格，并且视这种人格为灵魂的舍利子，即使在火化时，也是"烈火难以下咽的／一根硬骨头"。一个璀璨结尾，将诗意迅速推向饱和之境，犹如一面耀眼的旗帜在最顶端飘扬！

附：卢山《种牙术》

给中年种下一颗牙

种下老虎的咆哮

让他一生敢于啃生活的硬骨头

吃体制的螺丝钉

开门见山　见大世面

说话不漏风　捕风捉影的人

抓不到他嘴巴里的风筝

父亲没有遗传给我的骨头

用一颗螺丝钉代替

我说话够硬　从不服软

一颗种下去的牙齿

我一生的诗篇里

最坚硬的一个词语

火化时　烈火难以下咽的

一根硬骨头

植根人间的神圣情怀

——泉子《柚子》导读

　　泉子写诗，有一种宗教般的情怀，而他的情怀不凌虚，不蹈空，而是富有人间情怀。这一枚柚子，蕴藉了多少人间心酸，又芬芳着多少人间至美！泉子从儿时记忆深井里打捞出一枚特殊意义的"柚子"。这枚被"偷来的"柚子，有效地打开了栩栩如生的灵魂的场景和细节，穿越几十年前的时光隧道，令每个读者去逼视并且战栗。"辛辣的汁液，溅在了母亲的脸颊上的汗珠里／溅落在我仰着的眼眶"，两个"溅"把一家人的目光凝聚在一起，把一家人的命运结合在一起。"辛辣"是双关词，既是"柚子"的味道，又是"生活"的味道。"母亲的脸颊上的汗珠"、"焦黄的泥土"、"她那双沾满泥土的手"、"哥哥那双纤细而苍白的手"，这些描绘有一种油画般的质地，营造出苦难人间的氛围。在这阔大的人间悲苦里，在常人眼中微不足道的一枚柚子却带来了持久的幸福："随后的时光是纯粹而甜蜜的。"这枚被"偷来的"柚子，完全洗掉了"偷窃的羞耻"，反而焕发出一种盗天火给人间的人性温暖。因为受审判的不该是"母亲"，而应该是这个时代！

　　整首诗沉静内敛，没有空洞的控诉，没有矫饰的抒情，而一切感情都自然流淌出来，一切思考都融入了画面底色。"母亲坐在我们中间"，"她心满意足地看着我们"，灰色的画面间洋溢着一种圣母般的光芒。

附：泉子《柚子》

母亲从记忆中为我偷来了柚子

在邻村的山坡上，她用砍柴的刀

切割着柚子金黄色的皮

辛辣的汁液，溅在了母亲的脸颊上的汗珠里

溅落在我仰着的眼眶

我的眼泪与母亲的汗水一同消失在焦黄的泥土中

随后的时光是纯粹而甜蜜的

偷窃的羞耻并未抵达我们

我坐在母亲的左侧，捧着半个刚刚被她那双沾满

泥土的手掰开的柚子

它的另一半捧在哥哥那双纤细而苍白的手中

哦，那时

他还没有走入那消失者的行列

母亲坐在我们中间，手中握着刀子

她心满意足地看着我们

关于乌鸦，我们知道些什么呢？

——老德《昨夜》导读

在酷热难耐的暑期，读到老德《昨夜》中这只神秘的乌鸦，令人浮想联翩，想到了爱伦·坡的乌鸦，甚至想到了于坚的乌鸦。老德的这只鸟，具有虚幻的性质，大概是昨夜的一个神秘的梦境。"一只乌鸦带着／一个女人，飞进了／我的房间"。"乌鸦"这个意象千百年来就是一个象征、一个隐喻，一般意义上都解读为"不祥之兆"。爱伦·坡在《乌鸦》（*Raven*）诗中假设当主人公正在伤悼死去的爱人丽诺尔（Lenore）而悲伤抑郁之时，一只乌鸦飞来造访，主客相对，展开一段心灵的倾诉和对人生哀乐的探究，在忧愁、哀伤、幻灭、绝望的绝美韵律中，传达出爱伦·坡作品中独特的"忧郁美"。面对文化积淀下的"乌鸦"之文化喻体闯入梦境，闯入男主人的房间时，主人公"我"的表现是："有点手足无措。"

有意思的是，老德设计了三角关系："乌鸦"、"女人"、"我"，逆转了尴尬的文化处境，解除了文化隐喻的规定性。他逐渐将注意力从"乌鸦"转移到"女人"。先把乌鸦喂食好，"然后坐在沙发上／开瓶红酒，与女人谈谈／这个世界的荒诞性"。在荒诞的梦境里谈论世界的荒诞，这是多么荒诞的事情！

与女人交谈的行为，老德幽默地运用了"词语交配"这个富有性暗示的词语，使开始的"乌鸦带着一个女人"（乌鸦是主体和引导者），变成了"我们自然地依偎在一起 / 听听，乌鸦 / 此刻会发出什么样的声音"（乌鸦成了我们的背景）。老德以人间性和爱欲，取代了传统文化中"乌鸦"的象征和隐喻性。与于坚《对一只乌鸦的命名》异曲同工。

当然，整首诗的品质是虚幻的，甚至梦境的细节都是虚构的，"我想……"、"我又想……"、"我应该……"、"如果……"，全是假定性的表述。这首诗究竟"发出什么样的声音"？读者似乎不得而知。但是，又诱惑着读者去品读。

附：老德《昨夜》

当一只乌鸦带着

一个女人，飞进了

我的房间，我有点

手足无措了，我想开灯

观察乌鸦的表情，又想

穿过乌鸦的眼睛

观察一下女人的表情

没什么不祥之兆

我应该把乌鸦调喂好

然后坐在沙发上

开瓶红酒，与女人谈谈

这个世界的荒诞性

如果词语交配得不错

我们自然地依偎在一起

听听，乌鸦

此刻会发出什么样的声音

天池大境

——周瑟瑟《天池》导读

  《天池》意象的营造所呈现的大境，令人惊叹！周瑟瑟将天池进入开冰期的"冰块撞击"、冰块携裹蓝色湖水的壮观情形，比作"天池的子宫"暗暗扩张的"伟大的产道"。这种石破天惊的艺术想象，显示出周瑟瑟撼人魂魄的造境功力。

  大自然从来就不是供人消遣的山水花草，而是人自身生命的一部分。人与自然在同样的生命意义上形成审美同构。我们对于"人化的自然"误读了好多年，直接理解为 humanized nature，理解为经过人的实践改造、体现了人的社会内容的客体自然。这种过度唯物主义化的理解，与本义相差千里。"人化的自然"原是黑格尔用语 vermenschlichte Natur，指绝对精神外化于自然、赋予自然以人的生命。在美学和艺术学上讲，就是人的移情作用使人的生命与大自然的生命同一化，或者说，在大自然的身上看到人自身的生命形式与人类本质。至于一首诗的创作，是否成功的重要标志在于诗人主体自身郁勃的精神气度、敏锐的生命感受力与精准的外化能力。周瑟瑟的《天池》之所以具有如此撼人心魄的效果，归根结底还是在于诗人精神主体的胸襟之深广。

　　周瑟瑟是精于语言奥秘的口语诗人，口语是一种写作工具，更是一种思维的直接现实。一个优秀的诗人，必须探触到语言内在包蕴的全部生命感觉，并且保持着向自然、社会、自我全面敞开的全部敏感性。周瑟瑟有一个习惯——所到之处，必留周诗，这大概就是其全部敏感性活着的见证吧！

附：周瑟瑟《天池》

六月

长白山天池

进入开冰期

我听见

冰块撞击

冰块的咔嚓声

天池的子宫

正暗暗扩张

伟大的产道

挤出了

一半冰块

一半蓝色湖水

东北虎晃动

性感的腰身

它也要融化了

梅花鹿

从阔叶林中跑过

长白山的动物们

互相摩擦与撕咬

没有人关心

火山何时爆发

天池水怪

你躲在哪里

有多少次，我们凝视过地平线？

——余怒《地平线》导读

这种玩语感、玩虚静的诗，我曾经迷恋过很久。当徐敬亚把余怒这首《地平线》推荐出来的时候，又一次唤醒了我对语言沉思的爱好。在这首诗里，地平线是一个核心词语（我没有说是核心意象）。如果调动起我们每个人的生命经验，就会发现，我们对地平线的观察，最敏感的阶段大概有二，一是童年时期，二是暮年时期。这首诗对地平线的观察，即是隐喻了一个人的生命始终。

余怒的观察与表达都是陌生化的。"那儿，一会儿，有东西跳出来。/再过一会儿，又有东西跳出来。"这种观察带有童年经验，这种经验带有新鲜、混沌、未知、玄妙的意味。"在江堤上，我躺下来。"也是童年情境的提示。而"这么多年不停地衰老是值得的"却提示我们——观察者"我"已经年迈。而一个老迈者"在江堤上，我躺下来"，一下子就扭转了常规化的童年视角，进入了时间之思的境界——地平线之上是人间，地平线之下即是死亡。带着这种思考，重新读这首诗，"那儿，一会儿，有东西跳出来。/再过一会儿，又有东西跳出来"，就不再是新鲜、混沌、未知、玄妙，而是"没有任何意义上的惊喜"。

"这么多年没有任何东西出现消失","地平线从来没有抖动过"。死亡就是这么无情，横亘在每一个人的初始以及终点。

附：余怒《地平线》

夏日傍晚，
我去观察地平线。
那儿，一会儿，有东西跳出来。
再过一会儿，又有东西跳出来。
仿佛是为了这里的平衡。
不是太阳月亮星星，
不知道该叫它们什么。
在江堤上，我躺下来。
这么多年不停地衰老是值得的。
这么多年没有任何东西出现消失，
没有任何意义上的惊喜，
地平线从来没有抖动过。

一首杰出的"声音"之诗

——沈浩波《花莲之夜》导读

但凡到过台湾的人，无不对台湾摩托车的刺耳与嚣张印象极深。特别是在十字路口，当绿灯放行的时候，摩托车群简直就是无序地呼啸奔腾！在这个背景下，沈浩波写出了独具匠心的杰作《花莲之夜》，而它的主角就是"声音"。

"花莲之夜"四个字，如此抒情，如此"诗意"——"寂静的／海风吹拂的夜晚／宽阔／无人的马路"。在寂静的、宽阔的"诗意"背景中，突然渲染出一辆呼啸而来的摩托车。动静对比的效果非常鲜明。真正的奥妙在于接下来的声音对比：摩托车的"呼啸"声与一只"蜗牛"被碾轧的细微的"嘎嘣"声。

如果说，第一种对比是常态，那么，第二种对比则是异乎常人的知觉，甚至是"直觉"。前一种对比只是普通人的视角，只有第二种视角才是真正的诗人体验。也只有诗人，才能够对一只缓慢爬行的蜗牛予以关注。诗人的心是纤细的，纤细到可以清晰地听见呼啸声中一只蜗牛被碾轧的声音。诗人的心是明亮的，所以才能照彻"花莲之夜"。

关于何为"诗意"，这首诗可以给我们标准答案。按照所谓的"定义"，大家会认为"寂静的／海风吹拂的夜晚"才是诗意；而现代诗认为的诗意，与此恰恰相反！沈浩波在所谓的"反诗意"中，倾听到的生命被碾轧的悲剧事实／事件，才是真正的诗意。真正的诗意关乎生命，关乎灵魂。她是生命形态的感性显现，是灵魂境界的充分敞开。

第一次读到这首诗时，我感觉到那个"嘎嘣／一声"比摩托车的呼啸还要尖锐，甚至，在那一瞬间，我听到"嘎嘣"的声音充斥到整个宇宙，我的灵魂感受到深深的刺痛。这种刺痛永远不会消失。

附：沈浩波《花莲之夜》

寂静的

海风吹拂的夜晚

宽阔

无人的马路

一只蜗牛

缓慢地爬行

一辆摩托车开来

在它的呼啸中

仍能听到

嘎嘣

一声

为"五毒"解毒

——胡弦《五毒》导读

我更愿意认定胡弦的诗是内容主义的，尽管他的诗艺是非常考究的。他的诗很有力道，营造出踏石留印、抓铁有痕的效果。这使他的诗歌给人留下极其深刻的印象。《五毒》亦如此。胡弦这次是为"五毒"（蜈蚣、蝎子、壁虎、蟾蜍、蛇）解毒。

胡弦为蜈蚣、蝎子、壁虎、蟾蜍、蛇等具体生物物种"解毒"，其实是以"了解之同情"的态度去破解"文化之毒"。在古代，我国北方一些地方民俗认为：每年夏历五月端午日午时，五毒开始滋生，于是便有了避五毒的习俗。民谣说："端午节，天气热，五毒醒，不安宁。"《续汉书·礼仪志》："朱索、五色桃印为门户饰，以止恶气。"每到端午节，预防五毒之害一般在屋中贴五毒图，以红纸印画五种毒物，再用五根针刺于五毒之上，即认为毒物被刺死，再不能横行了。又在衣饰上绣制五毒，在饼上缀五毒图案，均含驱除之意。在这种传统巫术文化的笼罩下，"五毒"即是邪恶的象征，这种集体无意识的文化伦理在本质上无视了它们"来自黑暗中漫长的煎熬"。比如"蟾蜍"，纵有"万千深喉"，你却只取邪恶一端，殊不知它的生命里"也有欢歌"，但是不得不"隐身于 / 夏日绿荷"。唯一被认可的"蛇",虽然得以"千年修炼,朝夕之欢",但也仅仅存在于"神话"之中。在这美丽的神话与谎言里,胡弦道出真相"推倒盘中宝塔,亦为蛊术"。

当把这些"文化外衣"剥离之后,蜈蚣、蝎子、壁虎、蟾蜍并不显得那么邪恶与可怕,而"白蛇传"的神话也未必是真正的纯粹与美丽。当历史褪尽,"陈年怨毒 / 尽数干透,都做了药引子"。这个"药引子"为谁而设?它在疗救谁?我们在判定一个生命有"毒"的时候,殊不知我们自己也深陷"毒性"之中而不自知!究竟谁在毒害谁?究竟谁能为谁"解毒"?这首诗激活了这个沉重的文化命题。当然,诗人并没有义务为我们提供答案。

附:胡弦《五毒》

足有千条,路只一条。
骇人巨钳,来自黑暗中漫长的煎熬。

唯黑暗能使瞳孔放大。黑暗为长舌
之墙上,无声的滑动与吸附所得。

万千深喉,你认得哪一声?
它也有欢歌,有满身鼓起的毒疙瘩,隐身于

夏日绿荷。而山渊、淙淙清流,

接纳过盛怒者的纵身一跃。将它们

放在一起，肉身苦短，瓦釜深坑浩渺，
胜利者将怀揣无名之恶。

唯青衣白影，腰身顺了这山势旖旎，
千年修炼，朝夕之欢，此为神话。

青灯僧舍，温软人间，已为世俗别传，
推倒盘中宝塔，亦为蛊术。而当它们

再次相会于山下的中药铺，陈年怨毒
尽数干透，都做了药引子。

★民间所传，蜈蚣、蝎子、壁虎、蟾蜍、蛇，是为五毒。

在意象关系中擦亮"比喻"

——谢克强《青藏铁路》导读

在语文课本上，我们最早学习的修辞就是比喻，这是最易使用也最简单的修辞手法。因为简单易用，人们往往忽视了它的表现力；由于没有表现力的比喻手法的惯性使用或过度使用，导致有的诗人提出"拒绝比喻"、"拒绝隐喻"，主张清理在语词身上赋予的过多的比喻意义和象征意义。因此，比喻也就成了低级写作手法的代名词。在这个意义上讲，能够把比喻手法用好，难度可想而知。我推荐谢克强的《青藏铁路》，正是因为他在很大程度上，刷新了我们对比喻的诗艺价值的认知。

青藏铁路的现实意义不言而喻。但是如何处理好这个重要题材，需要很强的诗艺技巧。谢克强将它比喻为"钥匙"，一把锃亮的钥匙，置于"穿云破雾直插云天"的阔大背景下，奇崛夺目。如果单从"钥匙"这个喻体来看，则显得过于狭小，只有置于"穿云破雾直插云天"的背景下，这个比喻才能够成立。这就是谢克强的高明之处。也即是说，比喻不仅仅是本体和喻体的关系，更重要的是，"比喻关系"需要放在一个"意象关系"之中，才能辐射出诗的意蕴。尤其重要的是，谢克强设置的"意象关系"是动态的，这一枚"钥匙"，"它轻轻地旋转了一下／西藏的门就开了"！从"青藏铁路"到"钥匙"再到"西藏的门"，由实到虚，由写实到写意，由比喻升华到象征，构成了一个富有内在逻辑动力关系的意象系统，在这一意象系统中，意境不断翻新，内在的意蕴也得以自然而然地释放出来，那就是：这把"钥匙"开启了西藏与世界的现实对话与文化对话。

　　开篇连续两个问句，以高强度语境开始，有力地表达了诗人面对青藏铁路这一雄奇物象唤起的强烈感受，同时，又有效激活了读者的阅读欲望。亦是一个亮点。

附：谢克强《青藏铁路》

是谁铸造了这把钥匙呢
是谁铸造了这把锃亮的钥匙呢
穿云破雾直插云天

它轻轻地旋转了一下
西藏的门就开了

赌徒的爱情
——安琪《赌徒》导读

安琪之所以是安琪，相当多的时候体现在她对语言的卓越运用上。在这首诗里，她在表达对于安逸的、平安的、安全的爱情的渴求时，捻出"赌徒"一词，着实把爱情的终极体验逼到了绝境。

"赌徒"往往会把其全部的生命、精力、狂热和勇敢都用到赌博上，赌徒的性格特征也往往与"孤注一掷"、"残暴"、"贪婪"等词语联系在一起，用这个词比喻陷入爱情的一对恋人，极端化地释放出他们各自全身心投入的激情。他们除了爱一无所有，所以孤注一掷。正因为有了喧嚣于孤注一掷的"不怕"，才有了灵魂深处内在的"怕"，复杂的情绪狂悖地交织在一起。

其实人有两种状态，一是内在的激情状态，即"诗歌里"的状态；一是外在的生活状态，即"小说里"的状态。"诗歌里"的状态是真实的赌徒般的生命释放，而"小说里"的状态却是松弛的、假装很安静的表象。因此，这首小诗就显示出极其丰富的内在张力。

附：安琪《赌徒》

你用一个没有难度的词语陷害我
我的赌徒
你坐在我身边像赌徒眼里的赌徒
因为我们都是赌徒所以我怕
或者不怕
你

你低着头假装很安静
假装不知道安静的安，安全的安，安琪的
安
无数人问我：安
或者不安？却不知安和不安其实是一码事
其实，这么多年你一直在
诗歌里，比较疯狂
比较不在小说里

诗意在"暗处"

——叶辉《在暗处》导读

  无数的人歌颂光明，而叶辉却歌颂黑暗，歌颂暗处的人、事、物。我一直认为，诗是对人性边界和生存边界的勘探。因此，诗人往往具有灵视能力。他要在光明之处洞察黑暗的机制，在地面洞察地底的奥秘，在现象背后探究本质或者本质的虚妄。诗意的真相在"暗处"。比如：草地的种子在暗处交流；隐秘的青蛙在分泌；人所陷入的背后的未知；航船运行的马达驱动力……拥有了这种能力，我们的判断就会颠覆常识："仿佛中世纪女巫的长裙 / 也许内衬艳如晨曦"。叶辉拥有了强大的象喻功能，而这种象喻系统是一种呈现。这种它所隐喻的诗意就像人的身体内部深藏的一道闪电。叶辉照亮了暗处，我们看到了什么？我读过叶辉很多整体象征的杰作，相比之下，这首诗只是提供了一个"比兴"，诗意刚刚开启。

附：叶辉《在暗处》

  树木整夜站在露水中
  草地潮湿，或许正在交换它们的种子

而灯光如一道符咒，中止并取消
地下的秘密交易

在可见的边缘
蹲着的一只青蛙，正分泌出黏液
人的脸会在玻璃后面出现
身体陷入黑暗，那是未知的
地平线后面，半个世界滚落进海洋

它们终究摆脱了我们，只有
船依然笔直地航行，被暗处的
马达推动着。为什么驱动我们的一切
都来自地下、暗舱和沉重的黑色丝绒

仿佛中世纪女巫的长裙
也许内衬艳如晨曦，在古代希腊或英格兰
石板路上走来一个中国人，也可能
只是长得相像。而如果你有喜悦
身体内就会出现一道闪电

庄周化蝶仍一梦

——我是圆的《蝴蝶的梦》导读

　　我是圆的出版过好几本诗集，我也读过不少，这首小诗给我的印象最为深刻。他化用了"庄周化蝶"的典故，但是蕴藉繁复，引起读者很多诗意想象与自我反思。《庄子·齐物论》说："昔者庄周梦为胡蝶，栩栩然胡蝶也，自喻适志与！不知周也。俄然觉，则蘧蘧然周也。不知周之梦为胡蝶与，胡蝶之梦为周与？周与胡蝶，则必有分矣。此之谓物化。"在一般人看来，庄周化蝶意味着泯灭了自我与自然的界限，从而臻于物我相忘的自由境界。我是圆的写的这首诗，恰恰是臻于自由境界的艰难或虚无。

　　蝴蝶"想飞上枝头／成为一朵鲜花"，两种美好的自然事物之间的自由交换，是一种艰难；"我"幻化为一只蝴蝶，是第二重艰难。对于自由的渴望是人之常情，而为之付出行动、付出艰辛是另外一回事。我们常常说"破茧成蝶"，而这一过程是脱胎换骨的艰苦卓绝的过程。我们的真切悲剧恰恰是知晓了"自由"的方向，却缺乏果敢而悲壮的行动；或者是面对"自由"而产生了一种"恐惧"，甚至自我压抑、自我约束，最终失去了追求自由的力量。"我又听到我／骨骼断裂的声音"，这个句子具有双关性，一是指破茧成蝶的脱胎换骨的剧变过程，二是指自我压抑导致的灵魂破碎的逼仄空间。追求自由的冲动与这种冲动被扼杀之间的矛盾冲突，有时就构成了我们一生的悲剧。

　　我是圆的有不少小诗写得精粹有力，有想象空间。但是他习惯性的"题记"或"前序"有时又会破坏这种想象性。本来这首诗有一个题记"用梦取代梦，但这个梦仍然是梦"。我帮他删掉了。

附：我是圆的《蝴蝶的梦》

想飞上枝头
成为一朵鲜花

一石激起千层浪
虚无的梦
激起了我的狼子野心
我又听到我
骨骼断裂的声音

"属人"的写作

——蓝蓝《一切的理由》导读

　　1996 年蓝蓝获"刘丽安诗歌奖"的理由是："以近乎自发的民间方式沉吟低唱或欢歌赞叹，其敏感动情于生命、自然、爱和生活淳朴之美的篇章，让人回想起诗歌来到人间的最初理由。"这个评语用于《一切的理由》是很恰当的。

　　蓝蓝的诗有气象，有境界。作为一个女性诗人，她弃绝了一般性别意义上的柔美与娇媚，彻底脱尽了脂粉气，从而真正进入了"属人"的写作。《一切的理由》写爱，但不是尘世之爱，而是带有宗教意义的人类之爱，让我们联想到《圣经》。摩西带领以色列人出埃及时，称迦南地为"流奶与蜜之地"，代表着肥沃富足的幸福之地，也是人与人和谐相处的人间乐园。"我的唇最终要从人的关系那早年的 / 蜂巢深处被喂到一滴蜜。"这是人与人之间的挚爱，这是人子最原初意义上的人性之自然流露。蓝蓝的很多诗篇充斥着尖锐而不妥协的痛感，但是，与此相对应的大爱，才是她灵魂的皈依。她似乎唯心地认为，只有人类才是宇宙的起源，而大自然不是。这一滴蜜"不会是从花朵。/ 也不会是星空"。只有当大自然具有属人的性质时，才是有意义的。这一滴蜜，赋予了宇宙的意义；这一滴蜜，成为存在的出发点；这一滴蜜，也成为写作的一切理由。

附：蓝蓝《一切的理由》

我的唇最终要从人的关系那早年的
蜂巢深处被喂到一滴蜜。

不会是从花朵。
也不会是星空。

假如它们不像我的亲人
它们也不会像我。

2003

一间自己的房间

——蓝蓝《初夏之诗》导读

　　蓝蓝的诗篇深藏着伤口和刺痛，有着野葵花一般的茁壮生命力。她的诗写总是"有我之境"，使诗情显示出奇崛的品质。这首诗紧扣"初夏"季节的成长之痛。花朵凋零，果实渐成，春天凋谢之伤口中，萌生出的"新肉"起到一种缝合的作用，就在这"春夏之交"的伤口里，"我"得以诞生。自我成长有时就是以这种"死亡"的方式来实现的。

　　"我"的抒情是十分饱满的，"是十个夜晚倒进情歌的酒"；又是尖锐的，"是用笔尖接回的人"；内质又是无限的，"月光拥抱大海时对你涌起 / 潮汐"都不足以表达。五月的蔷薇，意味着爱情的憧憬，意味着美好的未来，但是，诗人的那间"自己的房间"，结局却是"我荒凉的房屋"。

　　这首诗以"裂口"开始，以"荒凉"收束，但是由于诗人抒情的内在力量，并未给我们留下压抑的感觉。那个"用笔尖接回的人"，借助女性之笔，所营造的精神空间并非"两手空空"和"一无所有"。女性的书写，在某种意义上说，也是一种自我拯救。

附：蓝蓝《初夏之诗》

在被新肉缝住的裂口处你能
找到我。

我是蔷薇在五月。

我是十个夜晚倒进情歌的酒。
是用笔尖接回的人。

我是月光拥抱大海时对你涌起
潮汐的不够。

让出租车开走
——给你我荒凉的房屋。

"客观化"的雨？"主观化"的雨？

——徐江《杂事诗·雨》导读

徐江以"杂事诗"系列知名。名曰"杂事"，足以见出徐江处理诗学对象的丰富性。他处理种种生存细节可谓是俯拾即是，游刃有余。但是，他处理"杂事"的艺术手段，却富有层次感。他会铺陈，亦会推进；会描摹，亦会抒情；会质实，亦会幻觉。从《杂事诗·雨》中，可以窥见一斑。

这首诗自始至终，显示出一种从容不迫的"客观化"效果。开始是纯客观镜头，"雨"打在"路面"、"石棉顶棚"、"车顶"、"垃圾袋"、"电影的声音缝隙"，这种铺排造成了一种非常坚决果敢的语句流动速度，或者说是一种掷地有声的叙述节奏！

等一下！这种叙述节奏马上就要变得犹疑不决。当"雨"打在"不知道是哪里传来的微弱嗡嗡声里"的时候，"它没有进入，这一次它没有进入 / 它是被分隔着"。语句流动的速度慢下来了，犹疑起来了，它被打击的对象"分割开来"。

然后，诗歌的节奏更加缓慢，从"实境"进入了"虚境"。"雨"从全知全能的"上帝"视角，转化成了个体的限知视角。

面对春夏秋冬，面对浩瀚的历史，个体是多么渺小。面对"一场百年千年不遇的巨大瘟疫"，作为一位诗人，唯一能做的便是——在灯下，在手机屏幕上，写下这一首小诗。

诗歌写得很节制，很冷静，貌似很"客观化"，实则渲染了非常"主观化"的历史幻觉。

附：徐江《杂事诗·雨》

雨打在路面

打在阳台护栏的

石棉顶棚

雨打在车顶

打在垃圾袋

雨打在电影的声音缝隙

把主角的对话切碎、搅乱

打在不知道从楼上还是洗手间

总之，不知道是哪里传来的微弱嗡嗡声里

不，它没有进入，这一次它没有进入

它是被分隔着

但它打在那嗡嗡上面

雨打在我见过的夏天秋天

我见过的历史上面

那些我没见过的，谁在乎它们

雨打在一场百年千年不遇的巨大瘟疫上

雨
打在我灯下的手背
我的额头
雨渗进手机屏幕
屏幕中你正在读的
这一页纸上

一份写给诗歌爱好者的教案

——周瓒《诗人的功课》导读

　　周瓒是一位学者型诗人，她的《诗人的功课》体现了学术理性和诗歌写作经验性的有机融合。这是一首关于诗歌创作的诗歌。周瓒给出了一系列诗歌写作的关键词，比如"节制"、"警觉"、"坚定"、"自由"、"重复"、"呼吸"、"照镜子"、"时间"。可以理解为给诗歌初学者的一份教案。

　　她在论及这些概念的时候，不仅仅是运用形象化、意象化的表达方式——如果仅仅如此，就成了概念化的一个简单操作，而且，显示出辩证法的知性，构成某种意义的戏剧化。比如，"节制是刀刃在呐喊之前瞬息的迟疑"，这就是说，"节制"不仅仅是一种叙述技巧，而且是一种生命呈现的特殊状态，是生命爆发和冲击前的那一刻，身体稍微下蹲的一瞬精彩。"坚定"也是在经历了"海啸"的极端语境之后而获得的精神状态；诗歌的"自由"是"与锁链共舞"，也是一对辩证的范畴；而"重复"和"呼吸"则是诗歌的音乐感一般的节奏，诗歌的节奏也并非纯粹的技术，而是生命起伏的节奏，应和着身体的感知与外化，又在笔端涌现出诗人的气息，这种气息内化在诗歌文本之中，诗人主体的气息与诗歌的气息，有时是一种嬉戏关系，有时是一种紧张的角力关系，有时是一种相容关系。"照镜子"大概就是那种机械的照相式的表达方式了，这是泯灭诗人主体性的致命的问题。

诗人无时无刻不在时间之中，诗歌无时无刻不在时间之中。时间才是校正诗学方向的终极标准。面对历史长河中的海啸，我们是否能够获得坚定的诗写态度？我们又何以获得？

附：周瓒《诗人的功课》

节制是刀刃在呐喊之前瞬息的迟疑
警觉是眼睛眨动中仍旧意识到自己的位置
坚定是石头被海啸带动后学会了游泳

自由是与锁链共舞，看谁先踩准
音乐中的最弱音，然后请对方来一段独白
一整出戏剧发明了一个个夜晚

当帷幕拉上，重复是回到身体时
关节和肌腱相互致敬，只有一次是有效的
拉伸运动测试你的诚实如飞去来器

呼吸属于音乐，叩击键盘与运行笔尖
都试图与你的气息一起嬉戏，角力或彼此相容
照镜子是偷懒的行为必须严加禁止

时间是永恒的动词，正如你一旦开始

你就得披上这件外衣，戴上这面具，随时准备摘下

陷入无物之阵的"自囚者"

——朵渔《雾中读卡夫卡》导读

朵渔的诗是坚硬的，虽然他是"下半身"诗歌运动的命名者之一。我一直在说，"下半身"只是一个切口，有人仅仅止于下半身，殊不知，下半身诗歌仅仅把"下半身"视为灵魂的入口，目标则是探向更为幽邃的生命境遇。朵渔与其他"下半身"的倡导者一样，早已跨出"下半身"最初的命名。他更像一个人文知识分子，拿起灵魂的解剖刀，从身体到灵魂，从各个层面施展精准的手术。朵渔的手术刀的材质主要源于欧美自由主义经典文本，但质地精良的刀子却是在本土性语境下锻炼出来的。

《雾中读卡夫卡》具有浓重的阴郁气质，经由层层隐喻意象，成功地完成了象征性生存困境的塑形。自然意象（"浓雾"、"霜"、"黏稠的空气"、"黯淡"）与情绪性的语词（"脆弱"、"悲剧"、"哀悼"、"屈辱"），组织成浑然一致的悲剧性意象空间。核心意象"浓雾"貌似"一只安静的笼子"，实则是"哀悼装置"，将我们囚禁在里面，使我们不得不一步步"交出嘴巴"、"交出耳朵"、"交出眼睛"，就像宗璞的《泥沼中的头颅》所描写的一样，被彻底异化乃至消失。这是"身体"的沦陷，更是生存的沦陷、自由状态的沦陷。"地下像埋藏着一个巨大的 / 矿区在隆隆作响"，这不正是整个人类危机性生存的象征和隐喻吗？

诗人在一个封闭性的意象群落里完成了对"困境"的指涉，这是一个清醒于自己的困境、但又不知这种困境之所由的知识者形象。他是一个乏力的认知者，而不是一个清醒的行动者。当他把自己的"嘴巴"、"耳朵"、"眼睛"交出去之后，"成功地说服自己"。"我"没有成为鲁迅笔下的"狂人"，而成了"狂人"的那个重新回到旧阵营之中的现实原型。在这个意义上说，一切的"困境"都是由我们这些"个人""独自营造"出来的。因为我们身居其中，所以我们不自知。

我们在读卡夫卡《变形记》的时候，往往以一种居高临下的态度去审视"甲虫"的异化。殊不知，我们自身的异化已经远远超过了甲虫，甚至是甲虫在审视我们"人类"："要求我对困境做出解释"。我们成了被甲虫审视的"对象"，"我唯一的困境，就是找不到 / 一个确切的困境"。我们都是陷入无物之阵的"自囚者"。好诗，令我们警醒、自知，且行动自治。

附：朵渔《雾中读卡夫卡》

整个冬季，浓雾像一只安静的笼子
扣在我头上，太阳脆弱如树上的霜
每一桩悲剧都自动带来它的哀悼装置
毋庸我多言，我只需交出嘴巴

仍有一些冰闪烁在黏稠的空气里，像密伦娜的信
轻快的鸟儿如黑衣的邮递员在电线上骑行
在确认了轻微的屈辱后，我再次交出耳朵
郊区逐渐黯淡下来，地下像埋藏着一个巨大的
矿区在隆隆作响，我合上书，交上眼睛
并成功地说服自己，独自营造着一个困境
而现在，一只甲虫要求我对困境做出解释
就像一首诗在向我恳求着一个结尾
现在，我唯一的困境，就是找不到
一个确切的困境。

一首漂亮的咏物诗

——神青赶《月亮》导读

对于现代诗人来说，"月亮"已经是一个可怕的意象。因为咏物诗是很显豁的中国诗学传统，在咏物诗中，"月亮"是频率最高的意象之一。这枚月亮已经蒙上了太厚的文化灰尘，甚至还有后人刻意涂抹的矫情的釉彩。谁还有勇气和能力再去写一首免俗的诗？！一首好的咏物诗，既要精准地捕捉到物象的特点，还要以充盈的诗意体验，辐射出内在的神韵，抵达超越物象的象外之象、韵外之致。关键是，"物"和"意"之间不要太"隔"，不要"造作"，要自然呈现。

神青赶的这首《月亮》起句平淡，意象极其简洁，但是越往后，越奇崛，韵味悠远。开头两行，"有时是月牙 / 有时不是月牙"，似废话，无奇。"它难以坚持自己的形状"，一个动词"坚持"，点亮了诗境。拟人化的描述，赋予了"月亮"一种属人的品质。"月亮"这种客观意象具有了情态和生命。月圆月亏的定数，月亮难以逃避，万事万物亦如此。宿命感油然而生，悲悯感油然而生。

对于一般的诗人来说，能够完成第一节，也算一首不错的诗。神青赶却又在完成度比较高的情况下，写出了光彩夺目的

第二节。"它被黑占据的部分越多 / 它光亮的那部分 / 越锋利"，利用了圆与亏、黑与白、遮蔽与释放等对立的范畴，展开了诗意空间。而这些诗思，都精准地寄托于月亮的物理特点而展开，意境奇崛，真力弥满，却没有雕琢的痕迹。一首《月亮》，擦亮了蒙尘的咏物诗！

附：神青赶《月亮》

有时是月牙
有时不是月牙
在黑夜里
它难以坚持自己的形状

它被黑占据的部分越多
它光亮的那部分
越锋利

如何为"悲秋"意象注入新意？
——大解《秋风辞》导读

悲秋情结，在中国古典诗词的长河中源远流长。从楚国宋玉的《九辩》"悲哉，秋之为气也！萧瑟兮草木摇落而变衰，憭栗兮若在远行，登山临水兮送将归"，到唐代李商隐的《宿骆氏亭寄怀崔雍崔衮》"秋阴不散霜飞晚，留得枯荷听雨声"，到宋代秦观的《木兰花》"秋容老尽芙蓉院，草上霜花匀似翦"，再到元代马致远的《天净沙·秋思》"枯藤老树昏鸦，小桥流水人家，古道西风瘦马。夕阳西下，断肠人在天涯"，"悲秋"成为极其常见的诗歌意象，甚至成为一种文化原型和文化母题。

在这种文化背景下，现代诗人再写"秋风辞"，极具困难性和挑战性。大解这首诗，在一定程度上，提供了新意，让读者感受到诗人对于时光和生命的一些感悟。对于命运的无力感和宿命感所凝结的"凄凉"的生存况味，或许比"摧折"还要持久与深远。

但是，这首诗是否为悲秋母题提供了更多的内涵？答案并不确定。

附：大解《秋风辞》

把小草按在地上　算不上什么本事
秋风所彰显的不是力气　而是凄凉
我知道这是对我的威胁　其警示意义是
如果你不服气　就摧毁你的意志
然后吹凉你的身体　让你在离家的路上
无限悲伤

显然这是一次错误的对抗
我无意与秋风交手　我的手用于抓取沙子
最后剩下的是手心里的时光　其余都漏掉了
就凭这一点　我不是秋天的对手

请你松开那些小草　我认输了
趁着夕阳还在山顶上闪光
请你给我一条出路
让我把一生的苦水喝下去
然后洒泪而去　消失在远方

这样可以吗　秋风啊　看在上天的分上
饶恕那些弱小的生灵吧　如果你非要
显示毁灭的力量　就冲我来
把我按倒在地　再用尘土把我埋葬

写作的神秘与诱惑

——胡弦《猫》导读

　　胡弦这首《猫》写得非常机智。它是一首关于诗歌写作的诗歌，带有元诗的特征。整首诗写的是"我"和"猫"的关系。"我"的身份是一个作者，"猫"应该不是写作对象，而是作者的"心像"，或者说，是与作者肉身相伴的灵魂心像，是作者写作行为的伴随者，它更像古希腊神话中的猫头鹰，每到傍晚就来临。这只猫头鹰就是"智慧"的象征。"它喜欢在白天睡大觉，像个他者。/ 当夜晚来临，世界 / 被它拉进了放大的瞳孔。"灵感出没于深夜这一特点，不仅符合浪漫主义诗人的写作习惯，一般的作者大概都有这种体验。在作者苦思冥想的时候，他的精神和灵魂暂时超越了肉身而专注于自身之外的一种洞察。因此，作者的肉身很难感觉到它的存在：

　　　　猫正在我的屋顶上走动，
　　　　没有一点声响。

　　　　当它从高处跳下，落地，
　　　　仍然没有声响。

　　它松开骨骼，轻盈，像一个词

　　完成了它不可能完成的事，并成功地

　　没有引起我们的注意。

　　在"猫"（灵感）的视野里，世界永远是新奇的，超出我们的边界去寻求"新的呈现的世界"。它的足迹无处不在，却又不留痕迹。它的世界"简单，愉悦，无用"，与作者苦心经营的艺术世界（修辞的线团）形成鲜明对比。它的魅力在于，它是"不可解"的，它"经过，带着沉默"。它是不可言说，一旦说出，它即"消失"。

　　诗人的写作充满着无尽的秘密，像神秘的"猫"眼里的世界。而写作的乐趣大概就在于捕捉这些秘密。这个过程十分艰难，却又充满诱惑，诗歌的魅力盖源于此。

附：胡弦《猫》

　　我写作时，

　　猫正在我的屋顶上走动，

　　没有一点声响。

　　当它从高处跳下，落地，

　　仍然没有声响。

　　它松开骨骼，轻盈，像一个词

　　完成了它不可能完成的事，并成功地

没有引起我们的注意。

它蹲在墙头、窗台，或椅子上。
它玩弄一个线团，哦，修辞之恋：浪费了
你全部心神的复杂性，看上去，
简单，愉悦，无用。

它喜欢在白天睡大觉，像个他者。
当夜晚来临，世界
被它拉进了放大的瞳孔。
那是离开了我们的视野去寻求
新的呈现的世界……

这才是关键：不是我们之所见而是
猫之所见。
不是表达，而是猫那藏起了
所有秘密的呼噜或喵的一声。

它是这样的存在：不可解。
它是这样的语言：经过，带着沉默，
当你想写下它时，
它就消失了。

我读到，一幅立体主义绘画

——多多《我读着》导读

　　多多曾经在外漂泊多年，而其精神之根、文化之根仍在中国大陆。在他移居海外时期的诗作中，经常出现"父亲"、"马"、"柿子树"，即是他精神之根外化出来的人物意象、动物意象和植物意象。这些意象频繁出现，就构成了原型意象。

　　对于男性而言，寻根最容易选择父亲形象，这既是基于生命源头意义的考虑，也是关于民族之父的象征意义的考量。在一定程度上讲，多多的这首《我读着》，具有精神寻根的个体意义和民族、国家意义。

　　多多的表达是十分独特的。他塑造的父亲形象，不再具备传统意义的伟大、尊严、坚毅、忍耐等社会品质，而是碎片化的、日常化的、细节化的、自然主义化的。他为我们呈现了父亲的"领带的颜色"、"裤线"、"他的外衣"、"他的袜子"、"头油的气味"、"身上的烟草味"、"他的结核"、"静静腐烂的历史"、"父亲身上的蝗虫"……而且这些意象还杂以变形处理，将父亲的形象与马的形象交叉闪回叠映，重组成一个立体主义的视觉形象。"我读到我父亲是一匹眼睛大大的马"，"他的蹄子，被鞋带绊着"，一个小小的细节，隐喻着时代进展过程中的

"磕磕绊绊"。"他""曾经短暂地离开过马群",成为一个"个体",但也仅仅是"短暂",最终仍然是"马群"的集体中的一员。

"他的结核,照亮了一匹马的左肺"是这首诗的诗眼,"照亮"的不仅是肺结核,还有那个时代的真相。"父亲的历史在地下静静腐烂 / 我父亲身上的蝗虫,正独自存在下去"。历史的一部分已经结束,而更加隐秘的"负荷"仍在继续。

父亲的存在是一个悖论,父亲所代表的一段历史也是悖论。这种悖论是那么深深地吸引着多多去勘探。当多多"就要变成伦敦雾中的一条石凳"的时候,他想到的仍是"父亲把我重新放回到一匹马腹中去"。多多已经长大,但是"那个男孩子的疑问",并未找到答案……

附:多多《我读着》

十一月的麦地里我读着我父亲

我读着他的头发

他领带的颜色,他的裤线

还有他的蹄子,被鞋带绊着

一边溜着冰,一边拉着小提琴

阴囊紧缩,颈子因过度的理解伸向天空

我读到我父亲是一匹眼睛大大的马

我读到我父亲曾经短暂地离开过马群

一棵小树上挂着他的外衣

还有他的袜子，还有隐现的马群中

那些苍白的屁股，像剥去肉的

牡蛎壳内盛放的女人洗身的肥皂

我读到我父亲头油的气味

他身上的烟草味

还有他的结核，照亮了一匹马的左肺

我读到一个男孩子的疑问

从一片金色的玉米地里升起

我读到在我懂事的年龄

晾晒壳粒的红房屋顶开始下雨

种麦季节的犁下拖着四条死马的腿

马皮像撑开的伞，还有散于四处的马牙

我读到一张张被时间带走的脸

我读到我父亲的历史在地下静静腐烂

我父亲身上的蝗虫，正独自存在下去

像一个白发理发师搂抱着一株衰老的柿子树

我读到我父亲把我重新放回到一匹马腹中去

当我就要变成伦敦雾中的一条石凳

当我的目光越过在银行大道散步的男人……

半部佳作亦诱人

——李志勇《喂马》导读

李志勇的诗歌《喂马》所呈现的境界就是一部微型电影。默片，没有声音，也不需要背景音乐。一切都是人的默默的动作，以及马的特写。前面半部风格是精确写实的，十分节制，喂马的过程可以使用一个长镜头，一镜到底。伴随着镜头推进的那"一点手电筒的光"，并未为世界增加温度，仅仅是一种存在的启示。光芒打在黑马"一双安静的大大的眼睛"上，"神性"出场。诗的下部，关乎黑马的神性，是写意风格。它的"平静从容"，"已永远地站在了语言之外"。它"一直在心里默写着自己的著作"，它有它的隐含的读者，但未必是"我"。"我"与"马"的对视，既有对应阅读关系，同时，又是阻拒关系。二者之间的张力，构成了一种有待于神启的诗思，使读者产生了阅读期待。

从总体看来，略感遗憾的是，前半部分的蓄势尚不够饱满，诗的张力感和空间感，有待于进一步拓展。"像我们默写生字一样，它可能／一直在心里默写着自己的著作"这种代入式的表述，有时会破坏二者之间的张力关系。

附：李志勇《喂马》

院子里比屋中冷了许多，星星

在天上，静静地照着这条山沟，除了目光

没有和这一样的了

我找到背篼，来到草房中，放下手电筒

一把一把地撕下填得很瓷实了的干草

装满后背起来，走向马圈

这时候我就是跪下，跪着走上十里，来到神前

又能怎么样呢

这一刻眼前也不会变得

更亮一些，双手也不变得更暖和一些

马圈里面，只有一点手电筒的光

还是能看到那匹黑马

一双安静的大大的眼睛

看得出来，它已永远地站在了语言之外

站在另一个世界之中

在这漆黑，散发着马粪那种氨味的圈棚里

像我们默写生字一样，它可能

一直在心里默写着自己的著作

在一个又一个这样安静的夜晚里

但我进去后它还是和往常一样

甩着尾巴，在低头吃草

那么平静从容

好像在这漆黑的屋子里
在我开门之前，它已经把那著作交给了
能够读它的人

引而不发，方为诗

——安德拉德《诗艺》导读

安德拉德的《诗艺》深得诗歌创作"引而不发"之奥妙，而这种诗艺是中外诗人的共性。孟子曰："君子引而不发，跃如也。"一个射手，最动人的时刻就是这种跃跃欲试的"引而不发"状态。而诗歌亦如此。真正的好诗不是狂泻千里的激情抒发，而是节制、内敛，沉稳、结实。这类似于古典诗学中说的"蓄势"。在"用一个小时琢磨一首诗"的时候，诗意正在调和得越来越浓烈，越来越"骚动，生猛"。这时候，如果放虎出山，气息就瞬间崩散了。必须继续克制，不让它"跃然纸上"。诗的力量就像匕首，不能轻易就"图穷匕见"，而必须在灵魂深处卷刃，回旋，反刍，在这个反刍的过程中，诗歌内在张力越来越紧张，越来越饱满，"诗意/已溢满我的整个生命"，最终达到难以抑制的迸发状态。

鲁迅先生在《野草·题辞》中有句话："当我沉默着的时候，我觉得充实；我将开口，同时感到空虚。"我觉得这恰是诗意的最佳状态。诗人不是放肆自己的感受，而是在节制中成就诗意和诗艺。

附：安德拉德《诗艺》（姚风 译）

我用一个小时琢磨一首诗

笔却无法写出。

不过，它就在笔端

骚动，生猛。

它就在那里，

不肯跃然纸上。

但此刻，诗意

已溢满我的整个生命。

小欢爱与大虚无

——冰水《今夜记》导读

鲁迅先生在《而已集》的《小杂感》里说："一见短袖子，立刻想到白臂膊，立刻想到全裸体，立刻想到生殖器，立刻想到性交……"我在想，鲁迅说的这种人中一定有我。我从"退向岸边的喜悦"、"双手紧紧握住生命的秘密"、"那枚尖尖的荷叶／卷住了湿漉漉的雨水"等诗句中，联想到这是一首情色诗。只不过，这首情色诗却是如此之妙。

第一段，孤句"今夜无雪。火苗蹿向身体的枝丫"，"雪"本来与"火苗"、"枝丫"是不和谐关系，甚至是危险关系。但是，由于"雪"的季节点燃，火苗则成为温暖之源，为身体的枝丫输送生命的能量。三个意象形成三角形稳定关系。欢爱之后，退向岸边，轻微的鼾声中的男人"双手紧紧握住生命的秘密"，在潜意识中流露出一种对于"现世稀薄的安稳"的珍惜，一种"生命易逝"的感受。或者说，唯有这生命之根，才能对抗"巨大的虚无"？女主角的感受"那枚尖尖的荷叶／卷住了湿漉漉的雨水"，意象尖新，楚楚动人，极其含蓄地传达出生命的滋润与自由。

"巨大的虚无"是生理感受，亦是心理感受；是情感体验，亦是哲学思考。这种"虚无"是如此"巨大"，导致这首小诗并没有承载起这么丰富的诗思触角。她的个体体验是细腻敏锐的，而哲思空间尚未充盈。

附：冰水《今夜记》

今夜无雪。火苗蹿向身体的枝丫

她听着轻微的鼾声，梦呓
这个落枕即睡的男人
嘴角弯弯。满足。恬淡
有着退向岸边的喜悦
然而他的双手紧紧握住生命的秘密

"巨大的虚无"。她想
最好造一所两个人的房子
一个打鱼，一个收网
在现世稀薄的安稳中
有一些绝望。一些恩宠

黑暗里。她听到呢喃
鼾声在呼吸间停了下来
那枚尖尖的荷叶
卷住了湿漉漉的雨水

观 星 集

安琪：生活的肋骨，抑或诗的肋骨？

在《轮回碑》、《节律》、《未完成》、《任性》等长诗中，安琪以史诗性写作的自我解构方式见证了历史理性主义的解体。她在非史诗时代所做的史诗写作，这种行为本身即是一个巨大悖论。这个悖论在诗学意义上促使安琪 2004 年前后发生了剧烈的诗写转型——由史诗写作转向生活写作。

由此，我们把她的诗写历程分为福建时期和北京时期。安琪福建时期的史诗写作靠的是激情与想象，是反生活写作，那么，北京时期的安琪则是生活化的写作。用她自己的话说：生活更像小说，而不像诗。2006 年 3 月 5 日回答漳州师院苔花诗社郑婷婷的提问时，安琪说："当我获得了下半生的北京时，诗歌已经自然而然地排除在外，我喜欢这样的排除……我乐意接受下半生生活对诗歌的剥夺。"2006 年底在中国诗歌调查问卷里，她再次申明这种态度。这意味着安琪在试图学会生活。这个阶段，她不再写作史诗，诗作内容也放弃了倚赖激情、才气和想象力的自动写作，基本上放弃了长诗写作，而多写以生活体验为主的短诗。她的史诗写作是发散的、实验性的，而北京时期的写作则是内敛的、生活化的，强化了感情色彩，而减弱了实验色彩，重新恢复了诗歌的抒情特质。她 2007 年初创作

的《你我有幸相逢，同一时代——致过年回家的你和贺知章》、
《北京往南》、《延长线》、《父母国》、《幸福时代》、《天真的鞭
炮响了又响》、《归乡路》等，明显加大了生活品质，故国、亲
情等传统母题，成为她诗歌动力的重要元素，甚至带有某种温
情主义的味道。如《父母国》现世生活的历史图景的直陈，使
诗意显得十分质实。《昭君墓》、《偎依，或硬座》、《在内蒙的
蓝天下》等，诗意经她随意点染，就彰显出生活的强烈"在
场"性。她往往在极其朴素的语句里蕴藉着神奇。比如："你既
憨厚又朴实，既聪明又能干 / 你既善良又幸福像一双儿女居住
在屋里"（《偎依，或硬座》），非有真挚情怀不能产生如此想
象。《七月开始》的结尾"你在发短信，想我，像房东在想她的
房租"，更是堪称经典，把一对情人之间的相依为命的感觉写得
淋漓尽致。《在内蒙的蓝天下》同样会逼迫我们停留下来，进入
诗境，甚至让我们也想变成一只白羊，一同感受生命的热爱。
这些诗作一方面承续了福建时期的语词上的非常规组合的奇异
效果，同时又不同于福建时期的超现实语境，而是具有了非常
丰富的人间气息和生活三昧。

　　北京时期的安琪其实是双声部的，既有"沉潜的静思"，
又有"逼利的沉痛"，既有试图超脱的"安"的追索，又有尖锐
的"不安"的生活体验、大安的超远与不安的沉痛，难解难分
地交织在一起。当然，在她的作品里，经常出现沉静的情境，
乃至于对生命的参悟，如《活在一条河的边上》、《要去的地
方》等等。2005 年她有不少诗歌是以宫、寺、殿、坛等为题，
如《大觉寺》、《地坛》、《雍和宫》、《潭柘寺》、《白塔寺》、《法

源寺》、《欢喜佛》。也许只有经历了太多磨难的人，才会相信佛教。安琪信佛教，试图找寻出对人生意义的超越。爱、死，是她的创作母题。《大觉寺》、《雍和宫》等都渗透进了安琪对于灵魂隐痛的超越意图。但是这种超越是非常艰难的，在她试图超越的时候，我们总是能够感受到她浓得化不开的苦痛与苦衷，乃至于对于彻悟的反动。在大觉寺，她并没有"大彻大悟"，"找你找得那么苦 / 阳光在手臂上，痛，热，辣。/ 路在脚上，远，辗转，到达。"所以她说："大觉寺，要多少个漫无边际的恍惚才能顿悟 / 我起身，步态迷离 / 我离开，心怀期待"。虽然她执着地说"你们在那里，等我走近，等我坐在长长的，有背景的 / 银杏树下，阴凉的石凳，我重新出生"，但是，实际上，这种执着的背后是难以言传的悲恸。她越是想超脱，越是敏感到痛苦。尤其是 2006 年的新作，痛苦的焦灼越来越显豁开来，接续了她早期代表作《干蚂蚁》的大痛风格。如果说早期的痛苦，更多的是对人生的直觉性感受，那么，现在的安琪则是生活深处的那种锥心之痛，是人生变故带来的沧桑之苦。她展示给我们的总是现世生活的负面部分，生活中的她俨然"一个丧失爱的能力的人"，努力地"在一个所处非人的时代，活得，像一个人"（《为己消防》）。归乡路一向被认为是幸福之路，但是安琪给我们的感受是"路长得让人失去耐心，幸福像一所空房子 / 空而动荡，空而不安"（《归乡路》）。近作《恐惧深如坟墓》（2007 年 1 月 8 日）则几乎可以看作安琪个人的灵魂痛史。正是这种深深的恐惧式体验与超脱现实生存的追求，紧紧纠结在一起，构成了安琪近期写作的多元色。在对"大安"的渴慕中，无法遮蔽的是剧烈的"不安"。她内心一直有一只"梦幻风筝"，但是"天空放不下这一只风筝 / 全部天空的蓝色 / 加上四棵树的暗影 / 放不下这一只风筝的高度"（《风筝》）。

从以生命直觉为根基的诗写方式，到以生活体验为根基的生存方式之转型，虽然她一再表示认同，在散文《二进大觉寺》里她也说："我的上半生以诗歌的名义犯下的生活之错之最，在下半生的开始即得到迅速的还报，这个果我认……我的未来始于此，大觉寺。"但是，诗歌真的像安琪所体悟的是一种"以诗歌的名义犯下的生活之错"？她会这么决绝地放弃诗歌？我的臆测是否定的，直到最近她仍然情有独钟于她的随笔《诗歌距离理想主义还有多远》便是明证。事实上，诗歌以及诗歌所蕴含的理想主义已经成为安琪的"肋骨"，或者说，安琪已经成为诗歌的"肋骨"。诗歌和理想主义已经积淀为安琪的精神基因，无法祛除，一直藏在她的灵魂里，"诗歌英雄"的情结像人性基因一样，在其血液里流淌。在她的诗歌中多次出现著名的诗人或具有诗性的文人，如庞德、杜拉斯、曹雪芹、海子等，成为安琪的自我人格的镜像，他们之间构成了文化通约和精神通约。在她的诗作里，我们发现一种关于安琪与著名人物的人格镜像之间的深层思维，即巫术思维。安琪与曹雪芹的关系、安琪与海子的关系，都往往借助交感巫术思维，加以强化。英国人类学家弗雷泽在《金枝》一书里论述到巫术思维：事物一旦互相接触过，它们之间将一直保留着某种联系，即使它们已相互远离。在这样一种交感关系中，无论针对其中一方做什么事，都会对另一方产生同样的后果。安琪探访曹雪芹故居、

魂游海子自杀地山海关，都具有这种交感巫术的意味。2005 年
3 月 26 日她在海子的忌日写下了《在昌平》、《曹雪芹故居》即
显示了这种深意。当然，原始思维中的交感巫术所体现的更多
是对绝对力量的崇拜，而安琪的这种巫术思维，体现的恰恰是
她在感同身受的对象身上找到自我的确证与自信，是在某个精
神人格镜像上折射并且强化安琪的自我价值，这种强化在深层
彰显出安琪自我的天才定位，尽管她是潜意识的。诗歌英雄情
结并没有因为生活的困顿而中断，而是潜藏得更深了。在她把
生存的重心转向生活的同时，她内心更认同的是海子的"我必
将失败 / 而诗歌本身以太阳必将胜利"的卓绝的理想主义精神。
她的《有电脑的房间》强烈地辐射出诗人角色定位的意义。这
个房间，和伍尔夫的《自己的房间》一样具有强烈的隐喻意义。
伍尔夫的那个"房间"更多的是性别自我的认同，而安琪这个
"有电脑的房间"已经消弭了性别因素，而指向诗人更为广阔
的精神空间，同时，也更富有时代标志性。

　　生活的转型对诗人来说是个磨难，但从另外的意义上讲，
这种转型使得安琪的诗歌写作更加贴近地面，去开掘诗意的深
井。从汪洋恣肆的大海转为大地上的深井，这又为安琪提供了
更大的挑战。当她把自己的灵魂锤炼得"独坐其间，面无表
情却内蕴 / 波澜。偌大北京 / 多少人间事 / 亦是如此"（《人间
事》）的时候，她会把生活的刻骨铭心之痛酝酿为更丰富的诗
意，像井喷一样，炫向天宇。

徐俊国："那些葵花，那些命运的钟摆"

《热爱》（组诗）、《故乡辞》（十二章）、《鹅塘村》（组诗）、《时光重现》（组诗）、《俗世之爱》（组诗）、《黑白片》（八章）、《时光吹凉脊背》（十六章）、《暖风吹凉》（十一章）、《就像岁月里的那堆灰渣》（组诗）……以如此密集的系列组诗反复歌咏他热爱的那片土地，确实非常少见。徐俊国虽然聚焦于小小的鹅塘村，但展示的生命空间十分阔大。他以灵魂为幕布，把技术理性主义时代最后的村庄原汁原味地保留了下来。

徐俊国大学美术系毕业，后又曾进修于清华大学美术学院。但都市的五光十色并没有涂抹掉他的本色，他仍然满含热爱地生活在平度这片土地上，鹅塘村成了徐俊国的生命存根。他的诗歌之胃消化了鹅塘村的万事万物，他的灵魂比清晨的露珠还纯净，比"庄稼的骨灰"还沉重；比"鸟鸣"与"秧苗"还柔软，比"熄灭的马蹄铁"还坚硬；比"翱翔的丹顶鹤"还超迈，比"稗草"和"偷吃藏在粮囤里的诗稿的老鼠"还谦卑；他注目于"捕食害虫的螳螂"和"草棚里的牲畜"，但是诗思比"胡须拖地的老山羊"和"簇拥着种子的潮湿的骨头"还久远……鹅塘村的一切都有了灵性和生命，都成为型塑诗人魂魄的养料，无怪乎他在诗中把自己称为"鹅塘村农民徐俊国"。在他看来，自己就是这片土地上的一棵树，树上的一片叶子，叶子上的一点阳光。这片土地就是他灵魂反刍的出发点和归宿地。他写道："我适合做老家土坡上的一只羔羊"，早晨醒来就去"数数黄瓜花一夜间开了多少朵，瞅瞅走失三天的兔子回窝没有，猜猜病死的玉米苗能否返醒……"（《早晨醒来》）也正是由于他把大地作为灵魂的皈依，也正是由于他对这片土地爱得那么深沉，他才郑重地写下："我这一生 一共需要多少热泪／才能哽住落向鹅塘村的一页页黄昏"（《半跪的人》）。

　　对于田园故土的热爱是历代文人骚客津津乐道的母题，但是徐俊国已经远远超越了乡土田园诗。他既没有风花雪月，也没有飘逸闲适；既没有像知识分子那样高高在上进行启蒙，也没有像民粹分子对人民盲目仰歌，而是执着于人的生存命运的观照，剥离掉流行的生活表象，浇铸出最富有命运意味的意象加以组织。生命意识成为徐俊国烛照乡土的一把钥匙。如《那些》：

　　　　熬过了寒冷和贫穷

　　　　终于走到果实面前

　　　　那些用衣袖擦拭浊泪的人

　　　　还要拔完最后一棵荒草

　　　　还要找到叶子背后最后那条青虫

　　　　地上的庄稼大获丰收

　　　　天上的神也开始准备镰刀和灵柩

　　　　我的爷爷和奶奶

还有他们的兄弟姐妹

那些用拐杖走路的人

打老远就能听见他们的喘息

他们刚刚咽下米饭中的一粒沙

就被秋风捆了去

他们走得那么从容

甚至没来得及留下一句话

只扔下断底的布鞋在这人间

大地的边上　那些葵花

那些命运的钟摆

停止了最后的摆动

　　这里没有丝毫廉价的歌颂，充满的是厚重的悲悯，是悲悯之后的达观，是达观之后的隐忍。徐俊国的诗歌语言和意象虽然显得朴素、隐忍，但内在的生命意识却十分尖锐，处处流露出人世的沧桑，感到一种缓慢、滞重的笔力渐渐刻入读者灵魂。他的语言是瞬间直达的，但留给我们心灵的反刍却长久地延宕着。他是搞绘画的，他精通如何以富有质感的画面进行蒙太奇组合。比如《至多》：

　　对着一棵冻僵的小草喊三百声，春天才会苏醒过来；

　　埋下老黄牛的膝盖骨，至少五百年才能发芽，蹿

出花朵；

　　逆着光看一个人的心脏，至少十遍才能辨清里面

的白雪或污点；

　　爹交给我的活太多，一辈子也干不完；

　　……

　　写下乡愁的"愁"字，至少需要积攒半生的月光
和泪水；

　　劝说六千遍刀剑才愿回到鞘里；

　　鲜花再多，鸽子再多，蜡烛和祈祷再多，也不能
让炸弹退回炮筒……

　　多得不能再多了，如果还不够，把我的爱加上爱，
善良乘上善良。

　　徐俊国的意象十分简朴、质实，但又具有相当的灵魂深
度。在普遍流行抽象、反讽、解构、荒诞的诗坛上，他坚执最
原初意义的诗歌理想——诗歌最终要指向下面这些关键词：温
暖、善良、疼痛、悲悯、关怀、道德、责任、良知，等等。这
才是有根的写作。

　　这种不动声色的灵魂定力和诗学定力，同样体现在他的语
言形态上。他不故弄玄虚，不玩语言游戏，不破坏语言质地，
甚至他使用的语言都是非常清晰的。他使语言表面的歧义性消
失，而使内在的意味达到最大程度饱和，因为他总是全神贯注
于事物本身，尽量不为表面奇异的语言所左右。他的每一个字，
都是充分浸透了生命汁液的，带有生命最鲜活的色泽。就在写
这篇文章时，我看到了他的创作谈："在我个人的固执里，语言
和技巧永远不是第一位的。我认为我是一个语言和技巧的落伍

者，但我愿意做这样的落伍者。写作是有难度的，不是玩玩语言和技巧就能蒙混过关。把读者想得再聪明一些，把自己修炼得再内在一些，再沉实一些，然后再回过头来写作就不会那么趾高气扬了。写作真正的难度不在语言和技巧，而在于一个诗人或作家对世界的认知宽度、思考深度与追求高度。"（见《散文诗》上半月刊第 12 期）这对于我们每个诗写者，都具有反思意义。

徐俊国注目的不是转瞬即逝的浪花之炫目，而是恒久绵延的潜流之坚韧，这是灵魂的根基，也是诗歌的根基。凝视他笔下"那些葵花，那些命运的钟摆"，唤起我们的不仅仅是对最后村庄的文化范型进行命运观照，更有对诗歌自身危机与出路的反省。

陈仓：生命诗意宽度的拓展

　　在诗歌界，陈仓其实并不是一个新人。在上世纪90年代他就频繁地在《诗刊》、《星星诗刊》等重要期刊发表组诗，并多次获奖。然而自从1999年起，陈仓投身媒体，离开了诗坛，直到2007年才重新归来。陈仓在本期"青春诗会直通车"展示的组诗《生命写意》，与他归来后抛出的重磅炸弹《诗上海》（诗集）一起，显示出他在拓展生命诗意空间方面的成绩，也见证了陈仓复出之后再出发的一种姿态。

　　久居上海大都市的繁华与喧嚣，陈仓努力在坚硬的城市面孔里寻觅生命的诗意，用他的灵魂去呼吸大自然的气息。他说："其实，现代都市封闭的心灵通道的钥匙，如果我们不愿意抛弃那些'多余的钥匙'，便会成为生命的累赘。"此前，陈仓写过一首《我羡慕街边的树》（《诗刊》2003年第1期），抒写了羡慕街边的树的七大理由，以大自然的绿色、人性、自由和奉献来反衬人的非自主生存，"白云就是一把钥匙／小花也是一把钥匙／我们看一看／也许门就开了"（《钥匙》），这也是打开大自然的神往。而《看病》所彰显的大自然的魅力，更是奇特：有个六十岁左右的男人，患了肝癌，五年前就应该死了，由于"他捡到窗外的阳光／附着他的灵魂"，因此，"他替阳光活着／

有血有肉，一片斑斓"，诗人受到这种生命哲理的鼓舞，一出门，碰到一树叶子，"我应该替一片叶子活着／这么一想，我竟然绿了"。人的生命与自然生命同构，这是传统文化中"天人合一"境界的现代显现，而又如此动人。他的《夜哭》一诗，则是以自然意象设喻，生成哲理。巨大的夜色像黑色的襁褓包裹着婴儿，婴儿的夜哭形成的"隐痛和无眠"作为核心，扩散成止不住的黎明，这种想象和象征性意象的处理，使生命体验与哲理思考获得了较好的平衡，哲理获得了感性化和形象化。

　　陈仓对于生命的诗意体验还体现在亲情的表达上。《回家的光明》和《温暖》即是恰切的例证。非常有意味的是，他的亲情也往往通过自然意象传递出来。他的《温暖》写母亲帮我找温暖的衣服，"她是找棉花的厚度／找鹅毛的质地／找阳光的颜色／她像是为树找叶子／为草找绿色／为自己找影子"，同样是人性体验与大自然接通，意象的表达非常新鲜，我们仿佛读到了阳光的味道与温馨，感觉到母爱像春天一样温暖着我们的灵魂。

　　还有一点值得注意，相对于很多青年诗人从乡野移居到城市往往产生"文化断乳"的不适感，陈仓并没有新上海人的尴尬，而是以经过灵魂反刍的文字抒写了上海的魅力，这充分显豁在陈仓的诗集《诗上海》中。正如安琪所言："《诗上海》是诗人陈仓对生活其中的上海这座城市的诗意表达的集成，它以一本书的分量展现了上海这座城市对一个异乡人的持久吸引力和强烈的抒情冲动。"这本诗集分为"人"、"物"、"风"、"华"、"情"五辑，共计90首诗作，构成了一个城市的诗歌导游手册。无论他写《宋庆龄》还是《徐光启》，无论是《宝钢》还是《恒源祥》，无论是《苏州河》还是《佘山》，无论是《延安东路隧道》还是《白玉兰》，上海的人物风华，都浓郁地融进了陈仓的生命的光泽与温润，他的灵魂与这个城市一起呼吸，他的脉搏与黄浦江一起涌动。他的诗艺也是多方面的。《宋庆龄》擅粗笔勾勒："你这个邻家的女孩／把国家当成闺房／把民族当成木梳／把民权当成铜镜／把民生当成胭脂红粉／从头到脚，从里到外／甚至那一抹清影／都要洗刷装扮一生／因而在你踏着晨曦出门的时候／美，已经渗入骨头"，显示出宏阔的整合能力；而《宝钢》以小见大，从一粒粒沙子入手，逐渐升华起个体独立人格的想象和国家民族精神的想象；当读到"如果能够通过一件衣衫／把羊放入我们的眼睛／放入我们的心底／如果有一天我们真的能够变成羊／咩咩地叫着走过大街小巷／那一定是一个温暖而和平的下午"，我们不由得为其深刻的人文关怀和生命体验所感动。

陈仓从陕西移居上海，虽然也有刻骨的亲情洒在故土，"只有春节时才能风尘仆仆地离开上海／回到他的身边喊他几声爹／我清楚，这比我流泪的次数还少"（《俺爹》），读来催人泪下；虽然也有故土之思，"亲人啊，在我死了之后／请不要再让我和自己分开／在那黄土高坡之上／请为我的肉体与灵魂安排一次重逢／并允许它们厮守"（《别再让我和自己分开》，见《上海诗人》2007 年第 3 期）；但是，他没有城市移民置身上海的身份焦虑，而是积极融入大都市的文明。他是如此地深爱着上海，甚至愿意死后也融进上海的风景："我如果死了　在福寿园

里 / 许多与我有关的事物 / 照样可以活着 / 我照样可以晒到 / 人间的阳光"(《福寿园》)。

在故土文明与都市文明的巨大空间的转移中，在身体与精神的远距离位移中，陈仓以诗的方式，化解了两种文明之间的隔阂与焦虑，使二者在诗歌空间中得以打通，《诗上海》里的《恒源祥》、《延安东路隧道》、《野生动物园》等众多篇什都有所体现。本辑中的《修路》一诗，仍然延续了这一特点。他以"修"为构思的基点，将"母亲修补风衣"、"我在修改诗"、"他在补路上的深坑"等几个体现故土意味和城市意味的情景，以蒙太奇组接的方式连缀成篇，尽力地拓展诗意的宽度，结尾"我看到了他握住铁铲的手套 / 有一个口子 // 在这个没有落日的黄昏 / 这是唯一的漏洞"，这个大大的特写镜头一下子将"诗眼"凸显出来，虽朴素，然意味深挚。陈仓正是在城市文明与故土文明二者的张力中，不断地拓展着生命诗意的宽度。

翩然落梅：穿越在古典与现代之间

　　翩然落梅的诗，诚如她的名字，充盈着浓郁的古典诗意。虽然她偶有《剐刑表演》那种对历史场景悲剧况味的参透，以及《惊梦》那种对于特定历史年代的凝眸，但更多的是《胭痕》、《生着根的人》、《胭脂痣》、《薄暮》、《游清明上河园》、《长干曲》、《大堤曲》、《南乡子》、《春风笺》等深谙古典诗歌精髓的作品。《春事》、《三生》等组诗以李长吉、《白蛇传》、《西厢记》、李香君、"吴刚伐桂"等古典文化意象入诗，更平添了传统文化因子的氤氲。

　　她生于河南乡村，长于小镇，自幼受教于做乡村教师的父亲，从小偏爱古典文学，且能吟诗填词对联。用她自己诗句说，她"喜欢诗经中的句子，喜欢把芦苇叫作蒹葭"（《旧照》）。因此，她的诗中常常充满"宽袍广袖，细腰红唇"的古典肖像，弥散"流水落花春去也"的古典情怀。《胭痕》即为典型之作：

　　　　流水，冲淡了一些记忆

　　　　居于河岸，这些年，我已习惯了

　　　　每天撷花，碾米，送饭给山上

　　　　锄豆的丈夫，过我农妇的恬淡生活

而月光之夜，总会有落花
顺流而下。淡然、哀怨的一群
有多少销魂之香，曾于那沾满泪水的唇边摘取

我有时觉得自己是落花
有时是流水，有时，则是花瓣上虚无的
青春红晕

她们，是我的爱人，我的姐妹
我的旁观者，还是我自己？
我已记不起，记不起了

在这首诗里，女主角朴素、宁静、纯净、洒脱，深深地融进了自然的氛围，甚至成为自然的魂魄，在大自然里体验到人生的真意。

也许是因为中国古典文化更多地属于自然文化，因而，自然文化基因作为集体无意识流淌在翩然落梅的身心与诗里。林语堂在《论中西画》里也谈到了西方人无法理解的中国特有的自然思维："中国人在女人身上看出柳腰，莲瓣，秋波，娥眉。"似乎正是翩然落梅的注脚。翩然落梅说："秋气最早在一滴露水中生成/那一滴，就是我"（《秋气》）。她说："当我赤足，走到院子里那株老梨树下面//我的足跟踩进了湿润的泥土/脚底隐藏的根系　被牢牢地吸住//我感觉露水和泥土中的养分顺着血

管上升／我身体充盈，肌肤活润，像雨后茁壮的草木"（《生着根的人》）。相对于西方人善于"自然的人化"，中国特别善于"人的自然化"。在中国传统文化里，自然乃人之根本所寄，自古有"天人感应"、"天人合一"的哲学观念。翩然落梅并不是简单地呼应传统文化，而是带有一个现代人的生活体验。在一个极度喧嚣、高度物质化、技术理性主义至上的时代，人越来越远离了自己的真实，越来越模糊了自己的灵魂，正如诗中所写："我后来进入了城市／因为常常忘了自己是个有根的人／而总是面色苍白"（《生着根的人》）。所以，这种寻根，不仅仅是诗歌美学的回眸，不仅仅是哲学的回归，更重要的是，这是现代生存语境下萌生的价值层面的人性寻根。

当然，仅仅停留在这个层面的古典书写，实例很多。翩然落梅的古典书写之独特性在于，她在古典与现代两个时空的穿越中，坚持了个人的古典诗意体验。也即是说，她的体验不是一维的，而是多维回旋的。一般来说，古典意象与现代意象是隔阂的，无法统一在一个文本里，但在《虚妄书》、《宅人说》里，翩然落梅独具心裁地将古典意象与现代意象组织在一起，奇特地构成了富有张力的文本。《虚妄书》的"信"穿过了"三百年二千里的时空"，穿越了"钗花"、"红烛"、"鱼雁"、"吴头楚尾，斜阳冉冉春无极"、"春风曾居的燕子楼和江南烟雨"等古典意象，以及"雷达"、"高速铁轨"、"网络"、"伊妹儿"等现代高科技意象。诗歌通过"它的无意义消耗着我的期待"的这个现代"戈多"形象实现了对古典生活节奏的反思，以现代意识烛照了传统生存状态。而《宅人说》则反其意而用之，反思了现代生存方式的虚无本质，渴望重新回到传统状态的真实的人性生存。从"大隐隐于市"，到"隐于一个狭小的房间里"，到"藏身于一尺见方的银屏"，一切都便捷了，甚至可以"注册下一块农场，栽花种草，放羊，养企鹅甚至养孩子"，貌似"非人间而胜人间"。但是，这一切仅仅是海市蜃楼，画饼充饥，"那么多的玫瑰没有香气。/那么多的爱情只是空气。""甚至做爱也不再需要一张床。"最终人性的力量会不可遏制地喷涌而出，"总有一天，世界坍塌，露出支离破碎的线头/而我们扔下龙钟的鼠标，跑到残垣断壁的街头相拥而泣"，诗作又回归了传统意义的情感意蕴。

在性别书写的深层文化蕴含层面，翩然落梅体现的不是性别对抗话语，而是女性的"被书写意识"与男性的"书写意识"达成的合谋，在根子里彰显的仍是传统情怀。我在她的很多诗作里都发现了女性"被书写"的意象。如："多年后我希望自己是那个/正在河里洗浴的女人/而你是刚刚洗净画笔，默默看着窗外的男子"（《薄暮》）；"半空中有透明的张若虚，提着秋风的毛笔/他在宇宙间做了大量的留白，最后落墨于/我的眉尖"（《中秋》）。最富有古典风韵的性别书写，体现在《胭脂痣》里：

> 今晚，我还会做旧时装扮
> 白纱衫缀上茉莉
> 丁香花籽研做香粉，红玫瑰汁
> 晕上双唇。我身段袅袅

穿过花园的鲜露水

苍苔冷冷，绣花鞋悄无声息

小楼上那人却浑然不知

尚留月西窗，烛光微微

舐开窗纸，恰看到他呵

正饱蘸松烟，添画我肖像中最后一笔

锁骨上盈盈的胭脂痣

如果细研翩然落梅诗作里的书写意象，就会发现，她完全不同于翟永明、唐亚平、申爱萍等很多女性诗人所显现的性别对抗意识。在女权主义作家笔下，男性总是代表着历史书写的话语主体，历史是"his story"，而不是"her story"，男性视角、男性观点、男性声音成为普遍性，而女性总是"被书写"的命运，女性视角、女性观点、女性声音被拒斥，被抹去，被忽略。整个历史是菲逻各斯中心论话语（phallaogocentric），现代社会的实质是阳具中心（phallocentric）社会和词语中心（logocentric）社会的交融。传统普遍认为"男性才具备创造天赋"，在某种意义上说，诗人之笔是一个阴茎，阴茎（penis）与笔（pen）在词源上有着密切的隐喻关系。台湾女诗人利玉芳的《男人》援引德里达（Jacques Derrida）理论（德里达把笔喻为阳具，把纸喻为处女膜），形象地描述了男人的书写行为："我的左手是你 / 我才握起笔杆 / 你就很灵犀地 / 递给我稿纸 / 固定我的稿纸 / 帮助我移动稿纸 / 使我能够畅通无阻地 / 写着左手和右手之间／曾经发生过的爱。"父权／创造力的比喻还有更深一层的意蕴，即妇女的存在只是供男性受用，是他们文学和肉欲的对象，是男性创造的对象。而一旦女性拿起笔杆写作以图自救，就被视为僭越。翩然落梅的诗歌写作行为，则完全是和谐共处的性别话语。她的理性生活状态是"每天撷花，碾米，送饭给山上／锄豆的丈夫，过我农妇的恬淡生活"（《胭痕》）。这种性别关系是朴素、自然的，原始、本色的，是和谐的，而非对抗的。《惊梦》呈现了男性话语和女性话语的双声，但是实质上是同构的。"他""亲自为她画眉，傅粉，晕腮点唇／含笑看她挥舞水袖，软语咿呀／'良辰美景奈何天／赏心乐事谁家院……'"这是典型的男权话语，这是被规定了的古典女性角色的审美性征。"她"的诉说又是怎样的呢？"我喜欢你，拈锄头像执毛笔／一滴墨在空中溜溜地打旋。尽管你焚去了／你祖父的满床书，却烧不去他留在你骨子里的……"明明是"拈锄头"的体力劳动，却隐喻出"执毛笔"的意象，即古代文人的审美特征。二者不是矛盾的，而是共同指向传统审美形态，隐喻出才子佳人的审美模式。

　　翩然落梅穿越在古典与现代之间的诗写，一方面呈现了自身写作的独特性，另一方面，《薄暮》、《中秋》、《胭脂痣》、《惊梦》等作品里的性别书写所呈现的古典情怀，是不是掩饰了真正的性别意识的觉醒？埃莱娜·西苏（Helene Cixous）说："妇女必须参加写作，必须写自己，必须写妇女。就如同被驱离她们自己的身体那样，妇女一直被驱逐出写作领域，……妇女必须把自己写进文本——就像通过自己的奋斗嵌入世界和历史一样。"翩然落梅的诗写，究竟在多大程度上实现了自我的自觉和"嵌入世界和历史"的自觉？这是一个值得深入思考的问题。

潘维：一个"汉语帝王"
精雕细刻的"遗言"

　　潘维拥有极其繁复驳杂的多种标签。刘翔在《潘维：最后一滴贵族的血》里说："潘维是一个怪杰，他集激进主义者、政治幻视者、农民、市民、贵族、肉欲分子、无产者、观察者、局外人、抒情歌手、儿童、有着'革命的嘴脸'的革命者于一身，他是一个用血、用肉来沉思现实的人。"那么潘维灵魂深处最重要的元素究竟有哪些呢？要想真正理解潘维，必须细读他的《遗言》，因为《遗言》几乎囊括了他所有的创作母题，诸如"江南雨水"、"少女"、"太湖"，以及他诗中很少出现然而十分重要的"巨龙"意象，这些都是破译潘维灵魂密码的钥匙。

　　在他的诗中，最密集的意象大概就是"江南的雨水"了。《遗言》开篇"我将消失于江南的雨水中"，既奠定了诗作的基调，也渲染了潘维的灵魂底色。"江南地理"是潘维最醒目的诗学标志，成为他的生命存根。江南似乎永远都是阴郁而潮湿的。阴性的"水"，成为潘维血脉中的精神元素。在他的《鼎甲桥乡》、《进香》等很多诗中反反复复地出现"水"意象："夜晚，是水；白天，也是水 / 除了水，我几乎已没有别处的生活"；"水做的布鞋叫溪流，/ 穿着它我路过了一生。/ 上游和下游都是淡水。"我们就不难理解为什么潘维会把自己比喻为"一座水的博物馆"(《炎夏日历——给方石英》)。

　　然而，潘维并没有将江南地理做单一的"纯化"处理，而是避免了一般意义"地理诗歌"写作的浅薄与单一，通过对灵魂的深度刻画，深入剖示一个时代的纹理。《江南水乡》里"一股寒气／混杂着一个没落世纪的腐朽体温／迎面扑来"；"阴寒造就了江南的基因"；"腐败在贿赂他的眼睛"，这里充斥着颓败的物象："虚弱的美女"、"逃亡的马车"、"贵族们的恐惧"、"残废的沉默"。因此，他产生了强烈的双重情感："他可能永远是生养他的子宫的异乡人"，一方面，他竭力逃脱江南水乡历史颓败语境的制约，宁做一个自由的"异乡人"；另一方面，他又无法在精神上走出"永远是生养他的子宫"的那片土地。最终，"我将消失于江南的雨水中"，体现了强烈的文化寻根意识。

　　如果说，"江南雨水"构成了潘维灵魂的底色，那么，他的灵魂伴侣即是"非法少女"。这是潘维的又一个创作母题。正如《红楼梦》中贾宝玉所说："女儿是水做的骨肉，男人是泥做的骨肉"，潘维反复咏赞"少女"，也是自己灵魂的渴求。他说："别把雨带走，别带走我的雨／它是少女的血肉做成的梯子／爬上去，哦，就是我谦逊的南方／……／……千万别触动玫瑰／它们是雨的眼珠，是我的棺材"(《别把雨带走》)。他至少有接近20首献给女性的诗篇，他的《框里的岁月》题记便是"每一次接近岁月／少女们就在我的癌症部位／演奏欢快的序曲"。"少女"是医治诗人灵魂疼痛的药方，已经成为潘维灵魂的对应物，甚至成为灵魂的一个组成部分："我，潘维，一个吸血鬼，将你的生命输入我的血管里"(《致艾米莉·狄金森》)。

有必要引述一个西方哲学概念——"潜意识双性化"。柏拉图和弗洛伊德都提出过人生来就有"潜意识双性化"倾向。荣格也认为，一个人同时具有"男性的女性意向"和"女性的男性意向"，他把前者称为安尼玛（anima），后者称为阿尼姆斯（animus），他认为，最雄健的男子也有安尼玛，它是男性无意识中的女性补偿因素，"他"常把"她"投射到女性身上。因此性别之间的对立主要是个人内部安尼玛和阿尼姆斯之间无意识斗争的一种投射，两性间的和谐依赖于个人内部的和谐。加斯东·巴什拉在《梦想的诗学》中赋予诗学一种梦想性质，认为阴性的核心即梦想的实质，也是诗的核心和人类灵魂的归宿，是我们每个人安宁的内在起源，是我们身心中自足的天性。潘维以女性作为自己灵魂的对应物，甚至自己灵魂的一部分，正是在深层探寻自己生命原型安尼玛的表征。正是由于潘维深层对于女性的灵魂体认，所以，他经常以"拟女性角色"的诗写视角进入诗篇，如《冬至》、《除夕》、《隋朝石棺内的女孩——给陆英》。

接下来，是潘维灵魂的归宿——"太湖"意象。他在多首诗中都有过"太湖作我的棺材"之类的表达。《遗言》一诗，再次申说"我选择了太湖作我的棺材"，可见，"太湖"意象在他灵魂里是多么浩瀚与深邃。潘维曾在1994年写出了他一生中具有重要刻度的《太湖龙镜》，沈健称之为"对人性、幻美、道德、暴力、权力和历史等主题的关注使长诗成为一部关于江南的林林总总的百科全书"。非常有意味的是，在《遗言》里，潘维并没有渲染他灵魂的归宿——"太湖",而是说:"我选择了太湖作我的棺材,/在万顷碧波下,我服从于一个传说,/我愿转化为一条紫色的巨龙。"他的真正用意在于自己转化为"太湖""万顷碧波"下"一条紫色的巨龙"。这条"紫色的巨龙"实际上构成了诗人潘维的"灵魂图腾",是他的潜意识的显现。

"巨龙"在古典文化典籍中,至少有"男根"和"帝王"两种含义,都指的是"阳气"。"男根"象征着肉体生命力,"帝王"象征着精神的生命力。如果"江南雨水"、"如水的少女"、"太湖",是"阴性意象",那么,"巨龙"则是充沛的"阴气"所滋养出的充沛的"阳性意象"。沈健和江离都描述过潘维那座浸淫了中国传统文化的精气与神韵的私宅,是如何充满黏稠的阴郁、朽阆和古意的。按照中国传统文化中阴阳平衡互补的理论,潘维何以如此钟爱"江南雨水"、"少女"、"太湖"等阴性意象?也许,他的阳气太盛,必须有如此黏稠的阴性意象,方可平衡他内在的阳气。他在诗里彰显得更多的是阴性气质,殊不知,潜藏更深的"巨龙"意象才是潘维的精神图腾。

潘维确实有着强烈的贵族情结和帝王情结。他的故乡在浙江长兴,这里曾有著名的南朝开国帝王陈霸先及其后代陈后主。而陈后主是著名的不爱江山爱语言的奢侈文人。无怪乎潘维在《那无限的援军从不抵达》里面说"我保存了最后一滴贵族的血",他拥有的是一种文化野心,具体而言,即是"为伟大的汉语再次注入伟大的活力",他要成就一个"语言贵族",成就一个"汉语帝王"!潘维的诗学资源十分丰富,他研读过希门尼斯、福克纳、布莱、米沃什、布罗茨基、曼德尔斯塔姆、沃尔库特、夸西莫多、兰波、杰弗斯、赫尔曼·黑塞、阿莱克桑德雷、阿赫玛托娃、艾米莉·狄金森，但最终，他还是要回到汉语的草原。他曾经呼喊"灯芯绒裤子万岁"，向"爱因斯坦"和"新的但丁：约瑟夫·布罗斯基"致敬，最终"他毫不隐讳地称自己是一个喜欢封建的人"。在《冬至》、《除夕》、《彩衣堂——献给翁同龢》、《隋朝石棺内的女孩》等诗作里，潘维都表达了对传统文化的钟情。《彩衣堂——献给翁同龢》意在为传统文化招魂。翁同龢是中国近代史上著名政治家、书法艺术家。他学通汉宋，文宗桐城，诗近江西，工诗，间作画，尤以书法名世，几乎成为中国传统文化的人格符号。现代商业语境下翁同龢故居的凋敝，令我们为一代文脉的"精神苍茫"而慨叹。纵有"领头的翁家有一件尽孝的彩衣，/有一条联通龙脉的中轴线，/可依次递进命运的格局"。但是在喧嚣的后现代语境下，文化之子也只能像"汉语的丧家犬"一样，倍感孤独。

潘维对于汉语有着高度自觉，他认为："现实的眼光若没有经历语言的提升，就不会具有普遍意义和思想深度。""写作在很小程度上是个人行为，它更多的是文学行为，再进一步就是语言行为，最后当然是灵魂行为。"潘维在很早就显示出卓越的语言天赋。《春天不在》意象的错接十分奇崛而富有情趣，对抽象的"寂静"的具象化呈现，以及对于女孩子命运的潜意识直觉，显示出极其细腻的成熟技法。近年的《冬至》、《除夕》更为纯熟。《冬至》的语言更是被诗性智慧打磨得锃亮："寂静"以"虫蛀"修饰，获得了具象呈现，接着转义为多年的檀木椅，再转义为五位女主人的命运绵延，直抵历史深处与膝理。一切热闹的"尘埃"都落定在这个冬至的日子里。对于时光如此细腻的呈现，深得汉语智慧的奥妙。

潘维的野心在于，"在中国文化的风水宝地——我的江南乡土上，谦卑地做汉语诗魂的守护者。""汉语帝王"是他永远的宿命。这一条汉语帝王的"巨龙"说："我长着鳞，充满喜悦的生命，/消失于江南的雨水中。"对开头的回环照应，再次强化了他的江南地理诗学。潘维的《遗言》即是"汉语诗魂的守护者"的见证，也是时空为他树立的"无限风光的墓碑"，内在所浓缩的灵魂密码，等待着读者走近他，并且被他点燃。

阿翔：那些弥漫的生命颗粒

用我们的灵魂去寻索玩味阿翔的诗，是一回事；用文字谈论阿翔的诗歌却是另外一回事。我们在谈论诗歌的时候，总是试图使用秩序化、概念化、意义化的语式，而阿翔的诗总是拒绝秩序化、拒绝概念化、拒绝意义化，甚至呈现的形态既非具象化又非抽象化。美国的约翰·拉塞尔在《现代艺术的意义》中写到一件事：毕加索在和艺术史家威廉·鲁宾谈论自己的绘画时，说道："你能掌握在手的不是一个事实。它更像是一种芳香——在你面前和四周。香味随处可闻，但你却不知道它来自何方。"阅读阿翔的诗，获得的也正是这样一种效果，一种"得意已忘言"的效果，正如阿翔的诗句所言："能够读到的人秘而不宣。"（《剧场，旧事诗》）

诗之于阿翔，成为他的无可取代的器官，包蕴着只属于阿翔自己的遥深绵邈的生命镜像，充满了恍惚的幻觉、暧昧的巫术、超现实的细节。如《传奇》的开头"马车穿过城门，在木屋外面，阳光在他们的唇角闪现／随即逃开／留下面孔，用钱袋取暖，把骨头插进剑鞘／透过木头偷雪"，透露出强烈的童话色彩、魔幻色彩、超现实主义的诡异色彩。这一类的意象在阿翔的作品里比比皆是。但是这些诗的镜像被组织得如此质实、纹理如此逼真，这又极其少见。可以说，阿翔把"含混"作为一种清晰的诗艺发挥到了极致。所谓"含混"，其实就是阿翔在诗艺世界里弥散的丰富的生命颗粒。他充分调动丰富的视觉、听觉、触觉等感官，将这些生命颗粒经由独属于阿翔自己的灵魂密码而组织起来。

创作欲望的生成，或源于现实世界的外部刺激，或源于灵魂的内在分泌。阿翔的写作更多地属于后者。他的写作完全源自内心，而非现实境遇的简单呈现。现实生存是他的物质意义的存在，写作才是他的精神意义的存在，而且是更为本质的存在。因此，他的诗歌所呈现的艺术世界更具有自足性质。阿翔似乎洞察了命运的每一个细节、每一个情境，所以，他的诗似乎远在我们的世界之外，也正因此，才更具艺术魅力。

诗歌，作为阿翔的生命器官和精神器官，也是阿翔与现实世界交往的唯一有效的隐秘通道。阿翔的诗完全摒弃了现实交流的焦虑，从而进入一个从容、纡徐的艺术世界，这一世界与他的灵魂世界形成了同构。而破译阿翔的隐秘的诗歌通道和灵魂通道，却是极其艰难的。你在他的作品里找不到公众事件的回应，找不到外在物质情境的激活，他的大量诗作具有强烈的阻拒性和非解性。如《无须否认》的开头，一方面是"阳光和烈酒，在春日的下午盛开"，另一方面却是"肉体疲倦得一无所获 / 鸟飞不出镜子"。"盛开"是客观外物状态，而"疲倦得一无所获"的肉体，以及镜子囚禁中的飞鸟，却是封闭的内在精神镜像，二者充满了巨大的矛盾与张力。他那自闭的诗思路径，往往在这里滋生出来。在他那自闭的诗思路径里，我试图捕捉到几个意象，如"女孩子"、"孩子"、"火车"等。将它们拎出来，或许会打开阿翔诗歌潜藏的灵魂路径，从而进一步让一个"无根者"的诗人形象得以显影。

"女孩子"是在阿翔诗中频繁出现的精灵般的意象，她往往美艳、飘逸、诡异，美得惊心动魄，美得超凡脱俗。为了渲染这一特质，阿翔总是将她置身于空中和水边："树木葱茏，正在春天生长／叶上的露水，它们背上细小的房间里，她一直在做梦／悬在半空"（《离别辞》）；"折弯的梯子／晃荡如长大的袖口／她站在枝头上／一边缩成一团，一边唱火焰"（《农事诗》）；"她们在天上。我听见风中一阵阵马嘶／但看不见她们的身影，那亮起红灯的小发廊，被树林覆盖／螺旋楼梯通向没有早晨的下午，星期三，稻草人有福了／它梦见了她们，风吹乱了她们的发鬓／美得有些惊悚"（《剧场，流离诗》）。这些裸身或半裸的女孩子，洁净如空中的花朵一般绚丽，同时，又如悬空状态的飞鸟一般轻盈。"空气留下了羽毛的气息"（《农事诗》），"她们在乌鸦的间隙里穿行"（《剧场，流离诗》）。无论是花朵般的女孩子，还是飞鸟般的女孩子，都是理想与希望的象征，都是阿翔的生命寄托与精神寄托。值得注意的一个重要的隐喻意义是——这些花朵般的、飞鸟般的女孩子，都是在空中无所依赖的存在，是一种无根基的存在。甚至《离别辞》的结尾出现的孩子，也是没有立足坚实大地的悬浮状态："世界在她那边，而远处的水潭／浮起白羽毛／孩子迈着小步带出一串水花。"这些阿翔的精神镜像一直处于天空与水面之间"无根"的游弋状态。甚至这些女孩子形象常常出现异变："那些植物已经死去／女孩

肌肤变得无比碧绿 / 像是绷紧着毒。"

　　于是，诗人便在希望异变之后，怀揣绝望，"随后火车从水面驶来 / 天起大风 / 那是最后在山中烧掉去年的野草，从此我离开平原 / 来到了异乡"（《农事诗》）。特别需要留意的是，诗人笔下的"火车"意象，仍然不是在坚实的大地上奔驰。"火车"意象本来就意味着"迁徙"、"居无定所"了，而"从水面驶来"，更加剧了"无根者"、"失根者"的形象。阿翔似乎特别喜欢"火车"意象，"火车"成为见证历史和个人生命轨迹的载体。这个怀揣乌托邦梦想的诗人，穿越了一幕又一幕场景，草蛇灰线地隐现出一部个人的"微历史"："'十年一觉，醉生梦死'，那些细微的声音 / 仿佛沉在追溯往事，慢慢破碎"（《无须否认》）。"破旧的继续破旧，'以后，会有更老的……'"（《传奇》）。在生命历程里，"她们悄无声息，身体总有多余的碎屑剥落"（《剧场，流离诗》）。我们深深地感受到阿翔的诗歌在貌似平和温婉的表层下深藏的人生悲凉况味："而去年的树上，仍留下一道斧痕 / 仿佛一切刚刚开始"（《无须否认》）。他的视角一直是向后看的，充满了过去式的深情回眸，他常常使用"那些细微的声音"、"那一刻……"、"那时已经深秋"、"那时的旷野"、"那是最后在山中烧掉去年的野草"、"我的旧事是多么珍贵"、"那一天我见到了桃花"等诸如此类的表达往事的词句。《浮现》全部是关于母亲和家族的童年记忆。《剧场，旧事诗》可谓阿翔书写"微历史"的代表作。他"只能等待一趟暮晚的火车"，穿越了旧事的"浩瀚"，"时刻表终于安息 / 那些荣誉不能改变这一切 / 压低的云朵从这里收拢，火车带着我正探出隧道。"物质世界已经抵达了终点，但是阿翔灵魂的火车依然在运行。伤痕也好，荣誉也好，都是过眼烟云，这一列"火车带着我探出隧道"的刹那，阿翔似乎彻悟了人生的历程，因此他的"独自成林"才具有了定力。

阿翔之"身"寄寓都市深圳，但阿翔之"诗"似乎并未浸淫到都市生活的浮华之气，倒好像是"大隐隐于市"的淡定风格。在崇尚物质消费和饕餮主义的时代语境里，他一直保持着生命的自然盛开状态："我绝不让自己变得麻木"（《剧场，桃花诗》）。他"自动认得许多星辰"，"犹如无人懂得的银子，清脆坠落"（《剧场，旧事诗》）。"自动"一词泄露出诗人亲近大自然而与现代都市隔膜的生命本能。此时，"城市撤退一空"（《剧场，旧事诗》），"背后余震中的城市，有一刻是剩出来的 / 废弃的儿童乐园"（《剧场，流离诗》）。在乌托邦的诗意中，他的生命会与自然融为一体："落在肩上的那一瓣，替我呼吸 / 我承认，我的确不知需要多近的距离才能听到虫子唧唧叫 / 替我退守到黑暗的一边 / 回忆那些蔚蓝、钙质的隐痛以及欢喜"（《剧场，桃花诗》）；他的生命也会和空中的飞鸟产生同构："我无视于虚空，内怀鸟翅 / 既不深入，也不浅出"（《剧场，桃花诗》）。

写到这里，我忽然意识到，阿翔的精神镜像——那些在空中绽放的花朵一般的"女孩子"不也像"在乌鸦的间隙里穿行"的鸟儿吗？阿翔，一个与天上的女孩为伴的诗人，一个与天上的飞鸟为伴的诗人，一个乘坐在水面上行驶的火车的诗人，一个在精神深处游弋的"无根者"，"你将如何安顿"？我想起了王家卫《阿飞正传》里的无脚鸟："世界上有一种鸟是没有脚的，它只可以一直飞啊飞，飞得累了便在风中睡觉。这种鸟儿一辈子只可以下地一次，那一次就是它死的时候。"很久以来，我在品味阿翔的诗时，内心一直在质疑阿翔：你的诗歌中的灵魂为什么一直在空中、在水上？为什么拒绝落地？现在，我明白了。当我们带着生命的体温去穿越阿翔诗歌的艺术世界时，被他那些弥漫的密集的生命颗粒所击中的时候，我明白了。

彭阳：在时光里"光着脚找鞋的人"

虽然诗歌有种种，但我向来坚持一种观点：理想的诗应该是"不隔"的，它以强烈的生命感觉像利斧一样敲击读者的头颅，能够瞬间抵达读者的灵魂。这就需要诗歌语言是本真的、澄明的、顿悟性的，不需要繁复的语法和臃肿的修辞。因为，过于讲究语法和修辞的诗歌就像"买椟还珠"的故事，我们往往在剥开一层层"精密"的修辞外衣的过程中，阅读的期待值消耗殆尽，阅读的愉悦感也随之香消玉殒。

因此，对于初学写作者来说，直接切入自己的语言直觉和生命感觉要远比繁复的语言修辞重要得多。1992 年出生的诗人彭阳走的就是这么一条路径。他祛除了厚重的语言"袜子"和"鞋套"，以"不隔"的语言，直接触摸本真的生命感受，生成简洁而醇厚的艺术效果。用彭阳自己的诗句说，就是"光着脚找鞋的人"。他在《指纹》里写道："你最高的吃水线到此为止 / 你最细腻的部分 / 已经触及到时光潮湿 / 时光漫上岸来 / 你仍是那个光着脚找鞋的人"。或许由于医学院的教育背景，彭阳对生命和时间的过程感极其敏感。从出生到人生的终点构成了一条被他反复审视的河流，他一直在岸边，光着脚，感受着时间的涤荡与冲刷。

作为一位二十岁出头的诗人，他的身上膨胀着不可遏制的自我扩张与生成、自我突破与实现的力量。在《折叠的肉体》里写道：

> 我过去折叠在母亲的子宫里
>
> 那么轻便，利于携带
>
> 所以不管去到哪，母亲都会捎上我
>
> 而现在不了
>
> 我正在展平自己的骨头
>
> 肉体的长和宽，我更愿意
>
> 被一把折叠椅，托举着，离开地表

这首诗让我想起了用汉语写诗的已故韩国诗人许世旭的代表作《故乡者》。许世旭在台湾留学多年，熟稔中国文学和中国诗歌，曾在50年的光阴里浸淫于汉语写作中。在他的作品里，不断地出现回眸与回归的意象。在《故乡者》的开头，他就写道："自从我用双足，踢开了/母亲那么温暖的羊水之后/连襁褓都已经是/他乡了。""他乡—故乡"的二元对立思维，寄寓了他的回归感情，这种回归既蕴含着精神分析学的恋母情结，也有文化意义的回归。而彭阳的诗写意图恰好相反，没有过于沉重的文化负荷和历史担当，更多地表达人生之初自我主体意识生成与实现的执着："我正在展平自己的骨头/肉体的长和宽，我更愿意/被一把折叠椅，托举着，离开地表"。彭阳在这首诗里的自我主体的"角色扩张"（role extend）与夏宇的《野兽派》具有异曲同工之妙："廿岁的乳房像两只动物在长久的睡眠 / 之后醒来　露出粉色的鼻头 / 试探着　打呵欠　找东西吃仍旧 / 要继续长大　继续 / 长大　长 / 大"（《野兽派》）。身体扩张的意义并不仅仅指向生理和肉身。"body"（身体）在西方语言中有"subject"、"（意识的）主体、主观意识"的意思，具有自我主体的发现与审视的哲学意义，彭阳的《折叠的肉体》的价值指向更接近夏宇的《野兽派》。

由于敏感于时间的进程，彭阳特别善于将漫长的人生进程进行浓缩性观照。他对于时间的浓缩处理技术是十分独特的。他往往选择恰当的个性化的表达媒介——或者是一个糖尿病患者，或者是一盘棋局，或者是一堵墙，或者是一件衣服——来组接时间镜头，从而构成文本结构。《甜的》对人生历程的浓缩处理，显示出作者十分奇异的想象力。糖尿病患者"一个填满糖分的糟老头子"被埋在了土里，下辈子变成苹果树、橘子树，或者香梨树，结满了很甜并且了无牵挂的果子，与诗眼"人生结了苦果"形成鲜明对比，表层结构（"甜的"）与深层结构（"苦果"）形成的内在张力，使诗思蕴含百味杂陈，反讽意味十足。彭阳将人生的博弈浓缩进短诗《棋局》。他在"青山流水"、"养马兜风"的日子里，感受到与时间博弈中"兵卒的疲惫"。从一个天真无邪的少年到成为老男人，下棋的技艺日益精湛，但是再高的智慧也抵不过时间的魔爪。"在他的疆场上，车轮滚过了二十年 / 我能够想象一对车轮旋转的样子： / 不是一圈铁环后面紧跟一个无邪的少年 / 而是被追逐的人也在随着车轴掉漆"。"少年"与"老男人"从表层上看是不同年龄段的两个人，而在本质上讲则是人生不同阶段的延续。随着时间车轮的碾蚀，无邪少年的纯真也像油漆一样，一层层被剥落，时光的锯齿对生命的磨损让我们感到岁月的沉沦与无奈的救赎。《墙》是彰显时间的又一个道具。"墙"作为时间的见证，它的立场是顽固的，它的历史是不可磨灭的，但是"让一幅照片的两个人 / 更紧地，挽着胳膊 / 使透过玻璃的光 / 显得陈旧"，是亲情的力量战胜了时间，是人性的力量获得了永恒。

对，就是这人性的温暖和持久，构成了彭阳组接时间镜头的内在依据。时间的锯齿无情地磨损着我们的生命，我们唯有人性的力量来抵抗，唯有对人生的不断勘探来抵抗。《开司米》有两个镜头："妈妈说，天凉了 / 适合在深色的外套下 / 衬一件浅色的开司米 // 妈妈说完后就晃过了十年 / 旧阳光继续拍在脑门上 / 妈妈年轻，开司米还小"。由"开司米"作为媒介组接起来的两个镜头，虽然相隔十年，但是切换十分妥帖。两个镜头之间的恍如隔世之感，由妈妈这个人性符号贯穿起来，表达了对妈妈的绵邈深情。再比如《衣》：

还是怀念身着胞衣的日子

暖洋洋，软绵绵的

不会因为这是个寒世

而抖动骨架

助产士在一个酒足饭饱的午后

对我说：

"出来吧，这里还有一个襁褓不曾填满"

　　说完后，胞衣已经掀开

这个世界有些衣服被深深地藏起

我经常指着最新的那一件

说："妈妈，我到底需要多长时间

才能穿它？"

直到后来，爷爷穿着寿衣

薄薄的

贴着身子

　　小诗以"胞衣"、"褓褓"、"寿衣"，串联起人生三部曲，"这个世界有些衣服被深深地藏起"隐含了神秘而深邃的生命意识。尤其难得的是，关于生命的平等与尊重，彭阳具有朴素而直观的理解。《恩惠》写了大米养育的两种生命，一种是米缸里的虫子，一种是人类。"虫子"起初被视为人类的"异己生命"，"我""试着将它们驱赶出我的生活"。后来，两种生命达成了"和解"。洁白的米粒"所养育的生命 / 有的在陆地上行走了很多年 / 有的被她紧紧抱着，一步也没离开"。所有的生命，无论长短，都是平等的存在。看到"虫子在光线下开心地打滚"，何尝不是一种值得珍视的生命感动呢？

　　彭阳的另外一些小诗也很有特色。《可是你还没有来》以意识流来组织结构，思念之情从墙上钉子落笔，写到钉子上的钟表以及钟表指针，想到遥远，再由指针的嘀嗒声拉回现实，最后是想象中的"你"在火车上"打了一个喷嚏"的心灵感应。时空闪回，摇曳生姿，颇具伍尔夫的意识流小说《墙上的斑点》之神韵。《人之初，小混蛋》等小诗，清新洒脱，情趣盎然，亦有可圈可点之处。

彭阳是一位新人，他同时规避了初学写诗者惯常的人生体验方面的矫情，以及老资历诗人在语言的表达与修辞方面的矫情。虽然，彭阳有的作品还稍嫌青涩，但他进入诗坛的姿态是纯正的。他没有"端着架子"写那些太像诗的诗，而是发自本性地书写。正如秦风在编选《2013 自便诗年选》时所言："读了这样的诗，再去读那些故弄玄虚、装模作样的诗，身上就会起一层鸡皮疙瘩。在纸刊，在网络，故弄玄虚、装模作样的诗很多，需要人仰视其高妙，需要人佩服其深刻——其实，有多高妙有多深刻，谁也看不清道不明。"那些穿着语言修辞的袜子和语法鞋套的人，往感受不到人生的冷热与人性的温度。彭阳崇尚的诗歌观点是："生活创造了诗歌，而非诗人。"离诗人的角色越近，离诗歌本身反而越远；当他自觉淡化诗人角色的时候，诗歌的本色便豁显开来。

郁颜：从文化标本的描摹到
生命体验的掘进

　　基于两年前郁颜诗集《山水诗》留下的深刻印象，我曾把他称为"逃往山水理想国的'移民'"。郁颜在自序《山水之心》里写道："为天地立不了心，那就胸怀一颗山水之心。以此，复活朴素的情怀，获取宁静的力量。"所以，他写道："我是多么崇尚古人的活法 / 一袭青衫 / 蓄发、捋须 / 山中捡拾枯木，生火、煮酒"（《山中拾遗》）。这种活法固然十分动人，乃至诱人，但是，我们需要警惕将"回归传统诗学"做单向度的理解，因为现在的诗学探索已经进入一个多维度多方位的综合阶段。"回头看"只是一种维度，而不是一种诗学方向。对于一个有诗学野心的诗人来说，他还需要建构起更加宏阔的视野。这两年，郁颜在努力寻求新的突破，试图从山水诗的文化标本范式转型为现实抒写范式，触摸人世温情，注重身体（生命）的在场。《身体里的故乡》即是郁颜创作转型之作。他做出的积极调适，值得我们关注。

　　郁颜的《山水诗》以独语体的抒情语式为我们营造出一个与世隔绝的自足世界，他的精神存在是独处而不是群居。而在《身体里的故乡》这组诗里，他打破了幽清、幽静、幽闭的意境和诗思，从山水的文化标本里走出来，充盈着扑面而来的生活气息，重新回到日常和现实，赋予了诗歌文本一种纯棉质地。"亲手做一顿早餐／一个人安静地吃完／／打开窗帘，坐在沙发上发一会儿呆／和身体里的每一个旧我打个招呼／／和春天里的每一个面孔／一一相认／／匆匆韶光，允许自己做件傻事／学羊叫、学马叫、学风叫"（《这人世的草原细雨绵绵》），一下子就把我们带入了安宁妥帖的灵魂区。诗人还自拟为一棵"树"，以第一人称传递出大自然与人的亲密关系："我长得不会那么快／你还来得及／／凑上来环抱，还可以在我身后十指相扣／春天来了，也可以围坐在我身边一起聚聚餐／吃吃喝喝，有说有笑／一阵风吹来，摇响满树的叶子／我也会忍不住发出声音"（《树》），人性的春风就这样温暖地吹拂着读者的心田，令人回味咀嚼。《一辈子一定要去做很多无意义的事》里一口气儿用20个"比如"铺陈了20个蒙太奇镜头，在简洁而丰富的日常情境里，试图寻找生活的真意："比如写一首诗／把无意义写得有意义／再读成无意义／比如把六个句号连成一个省略号"。"一辈子一定要去做很多无意义的事"其实就是一个反语，它表达的是生活的意义往往在于"无用之用"，在于"无意义的意义"。这首诗让我们想起姜育恒的歌曲《再回首》里唱的"曾经在幽幽暗暗反反复复中追问，才知道平平淡淡从从容容才是真"，禅意弥满，真意充盈。

郁颜走出山水诗的幽闭，还有一个鲜明的表现，就是从山水诗的静态型诗意嬗变为动态型诗思。在他的《嚼雪的马》、《丢》、《行李》、《故人帖》、《京杭大运河》等诗作中经常出现

"异乡的冬夜"、"走在路上"、"远方"、"歧途"、"行李"、"晚归的故人"、"异乡人"等意象。这些意象不再是"枯藤老树昏鸦，小桥流水人家，古道西风瘦马。夕阳西下，断肠人在天涯"的古典游子行吟，而是具有了现代人"在路上"的灵魂漂泊的喟叹。《嚼雪的马》和《故人帖》就像两幅剪影——前者以羁旅行役之马，后者以"晚归的故人"——状写途中游子，二者都以雪地为背景来烘托异乡人的冷寂与孤独，情透纸背，力透纸背。《丢》接续传统文学中"在路上"的母题，但是诗思向度是现代的；不是"回头"式，而是"前行"式的寻找。在"走丢"与"寻找"的瞻前顾后中，暗示出来的是关于"自我寻找"的现代哲思。《行李》和《京杭大运河》所折射的人生履历则更为丰富，已经完全从山水诗的文化体验范式转型为人生体验范式。"他是大地母亲怀里一个破旧的行李 / 装满了疲倦、愧疚 / 以及对这个世界的仇恨、不解、揪心的疼 / 还有软弱的宽容"（《行李》），这是一首用"沙哑的喉咙"哼唱的"沧桑的歌"，其中饱含了多少人生况味，"滚滚长江东逝水"又蕴藉着多少人生的汗水与血泪！《京杭大运河》则试图在历史维度上拓展出新境。那"光滑的青石板"、"墓碑"、"尸体"、"浑浊的运河水"、"残缺的欢宴"等历史意象，所渗透的个人的命运感与家国情怀，都加深了历史容量和厚度。

郁颜无论倾心于返古，还是"在路上"的向外开拓，都离不开他的"故乡情结"。其笔名"郁颜"乃出生地"玉岩"之谐音。他在每次的作者介绍里都会出现"生于浙西南一个叫'玉岩'的小镇，现居丽水"。他的曾经的"山水诗"是从他的故乡

"丽水"和"瓯江"里孕育出来的。"丽水"、"瓯江"、"玉岩"不仅仅是地理位置和物理位置，更是一种灵魂寄居地的象征，已经充分地浸染了郁颜的灵魂色泽。因此，他的"故乡情结"带有强烈的"身体／生命"印迹。"故乡"强烈的身体（生命）在场性使得他的诗思具有了鲜明的内倾特质，就像那首《身体里的故乡》：

　　身体有它的过错、隐秘与局促

　　每一处伤疤，都是它的故乡

　　它们替你喊疼，替你埋葬悔恨

　　隐瞒你，包容你，忍耐你，又无声地陪伴你

郁颜的诗思在向外拓展与内倾性之间，形成了较大的张力。他的灵魂的触角一方面向历史空间延展，另一方面灵魂的眼睛又向生命的内在腠理凝视。《打坐颂》即是典型的内倾式抒情：在漫漫时光里，诗人俯首打坐，直到"坐进肉里、骨里、心里、土里"，"细雨绵绵／这潮湿的出土文物／坐进了荡漾而漫长的死生里"。从诗艺上讲，《指甲帖》尤其可圈可点：

　　它们跟随我这么多年

　　年岁渐长，指甲里的月亮

　　有的已经藏进了肉里

　　有的还固执地亮着，对抗着体内的黑暗

小诗在"指甲上的半月痕"与现实中的"月亮"之间产生联想，自然物象与生命体征之间构成了隐喻关系，将月亮辐射出的生命之光与生命磨蚀带来的"黑暗"对比，构思奇特，深化并锐化了生命体验。

两年前，郁颜吟咏着"翻阅线装书。以清澈的山泉为明镜／洗濯疲惫的身躯，与涟漪里／另一个褶皱的我相遇"（《相遇》），带有自我确证的意义。然而，正如郁颜在《山水诗》的自序《山水之心》里所说，"当我们再次走进山水，这个山水已经不是以前的山水了。我们终要妥协，要隐忍，要自欺欺人"，恶劣的现实生态对于山水的挤压，迫使深深浸润于传统山水文化的现代人不得不抽身而返，扎根于严峻的现实生存语境。当初郁颜在痛苦中"怀着对山水的热爱，写下了这些不合时宜的所谓的'山水诗'"，而今将会在山水诗与现实世界的两极张力中，将更加复杂的人性生存面貌与生命体验的分裂感充分表达出来。

中国传统山水文化，作为一种生态文化与生态文明的价值表征，对于社会发展具有重要的参照意义。但不能把它简化为一种诗学态度，更不是一种道德态度。否则就有可能陷于文化保守主义。如果说，郁颜的《山水诗》代表了一种文化寓言的象征意义，那么，组诗《身体里的故乡》则意味着郁颜尝试着开启了将文化态度转化为现代生命体验的诗学实践。

张巧慧："返乡而不至"的精神隐喻

张巧慧的诗富有一种纯净唯美的品质。每一首诗都是一幅山水写意画，构图清新；或者是像微电影一样的流动的诗。读她的诗，既有盛夏烈日饮雪的清凉，又有寒冬如阳沃雪的温暖。

张巧慧这一组《轻嗅》带有早期个人抒情的特质，同时，又显现出对于历史和现实进行审视与质疑的巨大努力。

她曾经反思过自己的早期诗作："作为一个敏感女性，我惯于从日常生活中提炼诗意，白樱是诗，洗衣做饭亦能入诗，单位隔壁红十字医院那个垂死的病人，亦是诗。但它所映照的仅是我的个人体验。这细弱的声音，如同雏鸟的鸣叫，尖细而不稳定，偶有清音。"可以说，在某种程度上说，日常的诗意抒情，带有精神还乡的象征意义。

张巧慧不屑于抒发凌虚蹈空之情，而是专注于日常生活。她说："较之楼宇，我更爱山水。"（《雪后过九龙湖》）"楼宇"与"山水"作为一对具有范畴意义的意象，前者是人工的，后者是自然的；前者是超拔而上的，后者是现世安稳的。在古典诗学中，"楼宇"、"高楼"等意象原型往往隐喻着形而上的精神力量，或者高处不胜寒，或者是望尽天涯路，视线向上。而张巧慧是专注于世的。因此，她说："与菩提应隔山相望。"（《轻嗅》）她不愿意对人生产生大彻大悟的"觉悟"，她宁愿"隔山相望"，"尝尽这人间百味"。题目中"轻嗅"着一"轻"字，传递出张巧慧对生命和大自然的亲近、怜惜的温暖态度：

> 我喜欢这样：那个年轻僧人
>
> 背朝尘世，
>
> 却对一朵花转过身来

这个僧人的态度，其实是一种诗写世界观，它代表着现世日常生存的魅力！她钟爱现实中的自然之美，"把自然还给自然 / 把美还给美"（《雪后过九龙湖》）。她热爱生活中的朴素之美和亲情之美。张巧慧深深地热爱着现世生命和大自然，以"有我之境"去介入生存境遇，人和自然充分地融合在一起："我没问少年姓什么，/ 一路上我遇到的成片油菜花 / 都像是他"（《家春秋》）。

《良宵》是一幅经典的中国版家庭结构图，父亲劳作回来表演二胡，母亲在厨房忙碌地做菜……温暖、安宁的画面，绕梁不绝的音乐，渲染出和平肃穆的中国人伦之美。在土地上劳作的父亲秉持一种人生信念："生活给他一辈子劳苦 / 他还以干净与美"。当他从地里回家以后，"换上干净衣衫"、"左手把位，右手拉弦"，一曲"良宵"袅袅，营造出温情洋溢的现世之美。

当然，她秉持的"纯净唯美"的诗歌品质，有时变成"双刃剑"，往往使她的写作带有一定程度的"弱质"元素，削弱了生存的复杂性和生命的痛感。她也在自我生命对应物上勘探了"痛感",如《上林湖》中,在深埋湖底的"瓷片"中审视自我,在精致的花纹中,窥视到刻骨爱情里"一面是美,一面是锋利",但是,这种生命的两极性体验所形成的内部张力及其复杂关系,开掘得尚不够充分。《等雪来》中对于那位"希望天再冷一点,/ 又希望冷风不要掀翻她的小摊"的卖冬鞋的女人,聚焦到内心的矛盾刻画,在不同角色之间的对比中,努力开掘人道关切的厚度,不过仍然显得相对单薄了一些。

张巧慧有两首诗值得注意,一是《家春秋》,一是《谒弘一法师圆寂处》。这两首诗既有对当下的观照与审视,又有个人化历史想象力的开拓,显示出张巧慧对于诗歌宽度和厚度的有效提升。《家春秋》是一个特别好的素材。一个结巴少年,跟其他少年一样,在华侨厂里上班,每次回家都经过一次摆渡。在"次数已越来越少"的描述中,隐现出结巴少年的生活变迁轨迹,并且对少年的命运做了很好的含蓄的暗示。从村庄到厂区,"乡村 / 城市"之间构成了现代化进程中不可避免的"出走 / 归乡"二元对立模式。但是,在出走与归乡的反复之中,历史似乎并未螺旋式上升,"攒钱娶媳妇"似乎成了一代又一代人的终极目标,这种"重复叙事"中,油然而生出一种宿命感。"永远在路上"的现代漂泊感让诗人产生了深深的共鸣:"他所描述的家,/ 如我失去多年的故土。/ 这些年,我像爱故乡一样爱着异乡。"这个收束非常精彩,"返乡而不至"的何止结巴少年?何止诗人张巧慧?这一结尾渲染出现代人共同的精神处境,深化了诗歌的蕴涵。

再看《谒弘一法师圆寂处》：

> 七十五年后。门虚掩
> 门口有泉州三院的搬迁公告
> 微热
>
> 晚清室，三间平房，玻璃碎片
> 荒芜处最常见的杂物间。
> 看不出，哪张是你临终闭目的床
>
> 悲欣交集
> 曾经的朱熹过化处，后来的弘一圆寂处
> 再后来的精神病院
> "每次穿过住院部都听到格格的笑声"
> "二楼铁窗后，有伸出的手"
> 这种描述，
>
> 现在是空的。舍利塔和精神病院
> 都迁走了
> 屋前，熟透的杨桃落了一地

这首诗显示出张巧慧强大的处理时空的能力，令人刮目相看。她把历史的与现实的、精神的与物质的巨大变迁与乖离，做了出色处理。她择取的地点是"弘一法师圆寂处"，而这里是"曾经的朱熹过化处"，又是"后来的精神病院"，历史演化的精神维度得以呈现。朱熹是南宋理学家、思想家、哲学家、教育家，儒家思想集大成者。朱熹曾经在此过化，滋养精神的田亩；而弘一法师李叔同是重要的音乐家、书法家、美术教育家、戏剧活动家，作为一代高僧，备受佛界尊敬的律宗大师，他逝于泉州不二祠温陵养老院晚晴室。二人作为历史上著名的文化人格符号，共同的精神指向是"谨严、节制、自律"，象征着精神秩序，构成了灵魂的"舍利塔"。诗中的两个象征意象"舍利塔"和"精神病院"，一个隐喻着"精神的肃严"，一个隐喻着"精神的崩毁"，二者并置，暗示出现时代的精神困境。如今，象征着精神秩序的"弘一法师圆寂处"，也要面临着"搬迁"（这也是富有时代特色的一个高频词汇）。它的现实境遇是：

> 晚晴室，三间平房，玻璃碎片
> 荒芜处最常见的杂物间。
> 看不出，哪张是你临终闭目的床

个性化的镜头语言，具有丰富的文化隐喻性，在杂乱的的现实生活中，再也寻找不到灵魂的栖息地。我们仿佛感受到"一切坚固的东西都烟消云散了"。"现在是空的"，到搬迁过后，"屋前，熟透的杨桃落了一地"，貌似"写景"，实则深意盎然，正如王国维所言："一切景语皆情语也。"我们再一次看到了现代人"返乡而不至"的时空隐喻。

张巧慧的诗的纯净与唯美，保证了语言品质的自律与纯粹性；在纯净与唯美的背后，我们分明已经看到她对历史和现实的清醒审视与精神的思辨力量。这正是张巧慧野蛮生长的强大内驱力。一个丰富而阔大的艺术世界正在从这里形成。

年微漾：在文化地理中撷取诗歌句法

诗歌地理学（或者说文学地理学），是近年特别流行的一个概念。但是，"文学地理"不能仅仅停留在地理符号层面，而是要深入文化地理的腠理，在深掘文化地理内涵与透视文化腠理之中，唤醒诗人自我。否则，就很容易滑入"题材决定论"的泥淖。因此说，以诗人自我的主体性去烛照诗歌地理的题材，进行诗性处理，实现对于题材的超越，才是诗歌地理学的核心要义。通过年微漾的组诗《愚溪夜行》，我们可以对这一话题管窥蠡测。

年微漾这一组文化地理诗歌作品中，"语言意识"异常凸显。他频繁地提取出非常醒目的诗歌句法，如："一艘船在鱼群的母语里穿行 / 只有孤独可供翻译"、"要赶在入夜前，让江水 / 成为月亮与诗歌相互抵达的走廊"（《在泸州冬泳渡长江》）；"一群工匠腰缠斧凿 / 与墨绳，要去穷山恶水间 / 缉拿图案和词语——"（《过泸县龙脑桥》）；"危水吞巉岩壮怀激烈 / 如万千辞藻在胸中激荡 / 你我互相成为彼此的一笔"（《愚溪夜行》）；"风正把暮色翻译成 / 树叶朗诵的诗句；在一截冰凌下 / 我看见了白桦袒露的心"（《雪夜在禾木村——赠文强、晓光》）。这种表达方式其实是走一步险棋。如果处理不当，就会显得生硬甚至造作。那么，如果弥补地理意象与语言意象之间的"疤痕"？这就要靠诗人主体意识的灌注，这种主体意识要充盈、丰富、饱满，避免理念化。

《在泸州冬泳渡长江》表达了对于身心灵肉之间关系的思考。"江涛中的肉体，江滩上的衣物／当它们彼此分离，便解开了／陆路的死结"是这首诗诞生诗意和诗思的关键点。身外之物，牵累了肉身的自由；同样，肉身也牵累了灵魂的自由。要想实现从必然王国到自由王国的飞跃，确立自我的主体性存在，就必须甩掉那些身外的累赘。正由于诗人自我主体的形成，才能够感受到"这两岸／已经太窄，窄到江面只够／容下我和逆旅"。这是真正的"有我"之境。也正因"有我"的存在，"我"才能"借助横渡／将天地拓宽"，由此实现自我主体意志的确立与拓展。于是，在泸州冬泳渡长江的行为就弥漫出来一种象征的意味。当然，这种象征意味是氤氲的、丰富的，而不是干瘪的。

《愚溪夜行》中的"愚溪"是一个地理意象，更是一个文化意象。愚溪在湖南永州。唐代文学家和政治家柳宗元因为参与改革失败，被贬为永州司马，谪居于此达 10 年之久。他以"因愚获罪"为由将冉溪改名为愚溪，在此创作了《永州八记》、《愚溪诗序》、《愚溪对》等名篇。千年前的溪流，流到今天，流进诗人心里。这首《愚溪夜行》是年微漾与柳宗元的对话或潜对话。柳宗元的八篇游记之笔法——"擢贬、进退"，隐喻着柳宗元命运之"宠辱与悲欢"。柳宗元把自己的命运写进山水，或者说把山水写进自己的命运之中。当年微漾身临"危水吞巇岩壮怀激烈"之境，感受到了柳宗元"万千辞藻在胸中激荡"的时刻。也就是在这一瞬，年微漾与柳宗元灵魂相遇了："你我互相成为彼此的一笔"。诗人究竟是借这首诗要向柳宗元致敬呢，还是要表达二者的灵魂共振呢？发生"共振"的深源性原因，似乎还不够清晰，诗人的境遇与柳宗元的境遇有何异同？这种异同是如何生成了精神共鸣？既然在诗思上产生共振，那么，二者诗歌命运的轨迹却为何呈现出两种路径？（"多少年过去，你的文章／犹被后世反复吟诵／而我的早托付给飞鸟／在星辰之间广为流传"）两位诗人，一为沉郁顿挫，一为飘逸超脱。这样看来，诗歌的内在肌理，稍有错杂。

　　年微漾对于历史审视的态度是理性而淡定的。也许是因为年微漾本名叫"郑龙腾"，我特别关注两首含有"龙"字的诗：《过泸县龙脑桥》和《登龙珠山远眺》。泸县龙脑桥修建于明代早期的洪武年间，距今有600多年的历史。它是中国最大的龙雕石梁板桥，"麒麟两岸守护，大象河边畅饮，青狮桥上怒吼，龙王携龙遨游"的景象，甚为壮观！龙脑桥厚重的历史性、雕刻的艺术性、结构的科学性，三者完美结合，自古以来就是文物瑰宝。诗人年微漾拉开了时空距离，进行历史还原和文化烛照。"龙"意象往往隐喻着"威严"、"凌厉"、"敬畏"等情感态度，但是，经历了历史的风雨磨砺之后，龙脑桥在气宇轩昂的背后，呈现出"一间院舍坐落在／文言语法里的庄重和自如"。这，大概就是文化的成熟与自信吧！桥下的流水"带走野心与不安"，使得"总与日常为敌"的"我"，也变得沉稳自信。《登龙珠山远眺》也是对历史文化地理的一种出色表达。阿勒泰地区龙珠山景区处于中国与哈萨克斯坦边境，是爱国主义教育基地，边境红色旅游景点。新疆兵团十师 186 团曾经驻扎此处。面对非正常年代的冷战遗址，作者给出了同情之理解的表达："每逢夜幕，年轻的士兵 / 取出口琴，用袖口稍加擦拭 / 所有战友便含泪相和 / 坑道里响彻故乡的歌"，甚至作者度己于人，"他是否也像我 / 迷茫于前程和命运？"但是，诗人更多的还是利用间离效果，从历史之内抽身而出，悟出历史的变化与恒定。一方面，"枕戈待旦"的历史已经远去，"口令生锈"、"机械衰朽"，"一种崭新秩序"业已形成了；另一方面，诗人又俯视时空背后的那种恒稳的生存状态："一位哈萨克牧民，正骑着高头大马 / 而他却没有表现出特别的高兴"，"作为家中的独子 / 他继承了牛羊也继承落日"。《登龙珠山远眺》接续了中国诗学传统中"登高"这一文化原型意象，释放出更加丰富含混的历史思考。

当然，这组诗的技艺方面也有很多可圈可点之处，如"青苔 / 是从月亮身上剪掉的 / 多余的绒毛 / 将天色冲淡，把前程都稀释了"，想象丰富细腻，意象尖新超拔，富有质感。余不赘言。

|第三辑|

肖 像 集

书写异域的新境

——共享蔡天新《美好的午餐》

以诗歌状写异域风情，在学贯中西的"五四"学人那里形成过高潮，在新中国文化名人的笔端，也潺潺成流。而在自觉的诗学意义上从事域外风情诗歌创作，蔡天新当属第一人。他以数学家和诗人的双重身份，游历了100多个国家和地区，进行学术访问或文化交流，也成就了一个旅行家的角色。他曾经出版过游记三部曲《飞行，一个诗人的旅行记》、《欧洲人文地图》、《英国，没有老虎的国家——剑桥游学记》以及文学评论集和随笔集《在耳朵的悬崖上》、《南方的博尔赫斯》、《与伊丽莎白同行》，还有混搭的《数字与玫瑰》和童年自传《小回忆》。新近，他整理出五卷"域外诗丛"，《美好的午餐》是面世的第一道风味。

这部诗集的写作时间跨度长达20年，空间更几乎抵达南北极圈。可是，蔡天新所到之处，虽是异域，就像是他自己小时候住的村庄一样，那么熟悉，那么亲切，没有任何隔阂。无论田园牧歌，还是现代都市，无论是自然造化，还是民族风情，都充满着浓妍的文化气息，这些诗歌便是中西文化通约的结晶。新文化运动以来，异域成为经常出现的话题。但是，也往往充斥着畸形的价值观念和情感：或者是憎恨与诅咒，或者是无限膜拜。

作为世界一体化进程中的学者和诗人，蔡天新是以成熟的心态，加入了世界文明的大合唱。《美好的午餐》为我们徐徐打开了一卷卷西方现代文明的画面：水鸟游弋的米勒顿湖，大峡谷里金黄的岩石，积雪覆盖的汉弗莱斯峰，亚利桑那高原上黄昏的白桦林，水墨画一样的河汊和沙滩，迷人的海湾，在牧场打盹的奶牛，被火车的长鞭驱散的羚羊，积雪比云彩还高的落基山脉，神奇魔术师一般的巴拿马运河，陷入梦幻般的死亡感觉的尼亚加拉瀑布，独异的太阳金字塔、月亮金字塔，传奇的缪斯狂欢节，演奏竖琴的少女，踝骨上方绣着汉字的委内瑞拉美女玛德琳，有中国继母的特雷西娅……还有弗里达、帕斯、阿斯图里亚斯、柏拉图、毕达哥拉斯等学者、艺术家、诗人的灵魂的芬芳弥漫在读者的心里。

蔡天新与世界先哲的灵魂是共振的，与异域的风情是谐和的。他以诗人、学者的神采去碰撞异国的诗人、学者的风采，他以敏锐细腻的诗思去触摸异域大地的精魂，自始至终伴随着竖琴般的音乐感。他的诗句"是人类发出的最美的声音"，"属于另一个完美世界的和谐"（《旧金山海湾幻象》）。在他的精神视野里，"故乡的美人"与游历世界结识的异域美人，虽然被时光分隔而恍惚，但始终在心灵深处叠影在一起（《故乡的美人》），"美"作为一种抽象的价值，恒定在灵魂的映像里。

他特别欣赏美国女诗人伊丽莎白·毕晓普，还以自己的旅行为线索，写过她的一本传记《与伊丽莎白同行》。他按照毕晓普所钟爱的地理学将《美好的午餐》分为三辑，第一辑"在北方"，第二辑"在南方"，第三辑"南方以南"。行踪遍布美国、加拿大、格陵兰岛、中美洲、古巴岛、南美洲（从哥伦比亚到阿根廷）。毕晓普的诗句："是因为缺乏想象力，才使我们离家／远行，来到这个梦一样的地方？"引领着蔡天新如鱼得水地在异域文化的海洋里畅游，在想象的异域世界舒展自我。"异域"在他的诗歌里丝毫没有"异物"感，更多的是全球一体化的文化认同与融合，就像他的诗歌《从前》所写：

> 从前那些我游历过的城市
> 在机翼下方依次闪现
> 就像一串故友的名字
> 被一位陌生人逐一提及
>
> 而大海如同久违的母校
> 培养出了众多杰出的人才
> ——那些散落在岸边的港口
> 给世界带去了温暖和繁盛

他在一首诗里说："她的身姿留在一首莎莎舞曲里／被我带回到了东方"（《莎莎》）。这其实可以作为一种象征来解读——他带回东方的是整个西方文明的缩影。这道"美好的午餐"，是一道具有普世美味的文化盛宴。

这道盛宴的制作，蔡天新有很多秘诀。他的刀法具有数学家的精细写实、音乐家的精准旋律、画家的散点透视，他调动起丰富的视听效果和想象力，移步换景，为我们呈现了一幅幅身临其境的胜景。他最令人赞叹的高超技艺大概是写景状物。他善于捕捉瞬间影像予以定格："远处不时有闪电出现 / 像是从地平线那头升起 / 迅速成长成枝丫的形状 // 那儿必定有一片森林 / 抑或聚集了厚厚的云层"（《夜晚的闪电》）。他在写景状物的时候，最常见的修辞方法是比喻。他总是在本体与喻体之间发现绝妙的关系，让最朴素的修辞方法产生令人惊叹的效果。他诗中的三河城，绚烂醒目，富有灵动的质感：

> 一座细巧的城市
> 傍依着一条宽广的河流
>
> 如同一只蜜蜂
> 停留在一只硕大的向日葵上
>
> ——《三河城》

　　他既有诗人的想象，又有数学家的精准，二者不可思议的结合却具有极强的可分析性。他将"一块突兀的岩石露出地平线"喻为"一滴沾在法国吐司上的番茄酱"（《圣菲的火车》）；将"那座羽蛇神的金字塔"喻为"大地的一只眼睛"，"那片千柱石是她的睫毛"（《奇琴伊察》）；将"成群的海鸥"喻为"天空的皮肤上 / 那些细小的毛细血管"（《帕帕加约湾》）；飞行时临窗俯瞰，"河流像一枝藤蔓 / 纠缠着山脉"（《飞行》）……

如果深究如此丰富的精妙比喻，我们就会发现，他特别善于在极大的物象与极小的物象之间找到一种恰切的诗意关系。"关系"是极其抽象的，蔡天新以高度的数学思维，使极其抽象的"关系"附着到富有显豁诗意的物象之中，并以饱满的意象出之。他对于物象／意象的关系的发现，有时是在动态过程中完成的，这是蔡天新的又一高妙之处。如《一撮云》：

　　　　一撮小小的云儿
　　　　孤单地飘浮在天空
　　　　……
　　　　后来终于分离
　　　　成为两撮更小的云

　　　　就像洪都拉斯的
　　　　一对双子城市——

　　　　特古西加尔巴和
　　　　圣佩德罗苏拉

　　　　云的距离在扩大
　　　　巴士乃全速前行

　　"一撮云"与"两撮更小的云"之间的关系，两撮更小的云之间的关系，"两撮云"与"双子城市"之间的关系，两个城市之间的关系……多重关系构成了层次清晰的动态比喻。这些关系是通过在"巴士乃全速前行"的动态过程中的诗意体验来完成的，可谓构思妙极！

蔡天新对异域风光的描摹，并非纯然客观呈现，而是时常凸显出主体性表达的强烈意图。如《柏拉图》一诗：

> 他惊现于一片云层之上
> 全身明亮洁白透顶
> 眼睛深邃嘴角微微向内
>
> 犹似横卧在天空的几何图
> 他那平坦结实的额头
> 高过安第斯和开普敦的桌山
>
> 在他的颈项和身躯下方
> 雪山、湖泊和湖中的岛屿
> 以及曲折的山路隐隐闪现

将柏拉图置于广袤的空间里，"云层"、"雪山"、"湖泊"、"岛屿"、"曲折的山路"，成为柏拉图精神性主体性的物化，烘托出一种圣洁之感，内在的精神气度与大自然之力融为一体。蔡天新以天人合一的民族性诗性思维方式，完成了柏拉图的主体形象构建。异曲同工的是一首《2000年自画像》，他像打量"这个国家在世界上的位置"一样，勾勒置身太平洋和加拉帕戈斯群岛的自我精神肖像。这都展示了蔡天新在异域书写中追求主体深度的探索。

"直把异乡作故乡"，这是蔡天新对自己写作的自我描绘，从这个意义上，我们忽视了这部诗集的另一部分。每当他在一个异国城市或乡村安顿下来，住上几天或一段时间，他的思维又回到平常的状态，写出的诗歌也如同在杭州或在中国旅行时所作。比如《回想之翼》、《最高乐趣》、《两个裸体》、《天空》、《每一片云都有它的名字》、《寂静》、《瀑布》，等等。甚至《第一滴雨》那样的诗歌，如果把第一行中的加利福尼亚换成别的地名，也未尝不可：

> 第一滴雨落在加利福尼亚
>
> 只有雨滴比鸟雀稠密
>
> 只有雨滴比鸟雀的歌声稠密
>
> 还有树叶，比鸟雀的歌声稠密
>
> 只有雨滴，它落在我们的心灵上
>
> 从不发出任何声响

品味了蔡天新的第一道"美好的午餐"，我开始期待他的"域外诗丛"五道大餐陆续呈现出来。我想，蔡天新关于异域诗歌写作的拓展，不仅为读者带来饕餮之朵颐，也应引起诗界的关注。

"此在"的诗意

——泛读师力斌组诗《读心术》

作为文学编辑，师力斌是作者的知音，正如他在诗中所说："我是编辑里的柳树，/每遇好稿，即如饮春风，四肢摇荡"（《我是编辑里的柳树》）。这首先是因为师力斌深谙文字之妙，文学之魂，他的"情感的型"能够有效地与文本所蕴藉的审美情感、作者内在的文学观念，形成息息相关的共振与同构。他常常将审阅稿件时激发的灵感形之于诗，其《读稿笔记》系列，即是明证。我想，这是师力斌之所以能够成为优秀诗人的最重要的前提。

师力斌的诗歌不卖弄玄奥的技巧，而是用本色语有效传递本色情。当我们沉陷于泛滥已久的"诗和远方"论调时，师力斌的诗歌写作恰恰具有强烈的修正意义。"远方写作"越来越显示出不成熟的"童话倾向"和凌空蹈虚的"玄学倾向"，甚至演化为"伪诗"状态。师力斌的新作《读心术》组诗，让诗歌回到身边，回到日常，回到基于肉身生存的精神体验。他努力杜绝浮泛的伪抒情，打破"远方写作"模式，从而专注于"此在"的诗意表达。

对于师力斌来说，诗成为他的日常存在方式，成为他的生命的呼吸，他"越来越离不开诗"：

> 忙起来，它会控制节奏
>
> 用无功利的意境缓冲
>
> 它稀释了对峙的盐，点燃火
>
> 融化了彻骨的寒冰
>
> 然而，它不疾不徐，风度翩翩
>
> 它帮我深呼吸，仿佛
>
> 喉咙处的小森林，绿色，空旷
>
> 轻拂一副喘气的胸腔
>
> 让那些无尽的事情，钱，前程
>
> 或是出卖你的机遇，统统软化
>
> ——《越来越离不开诗》

　　他特别敏感于日常生活中的诗意。在《儿童眼光》里，他在买菜回来时，路遇一个三四岁孩子。他敏锐地捕捉到孩子的回眸目光，用了9个比喻，多角度多层次地揭示了孩童目光里的诗意："像闪动的溪水／在荷叶上滚动"、"像鸽子扬脖"、"像小猫夜视屏幕"、"像彩虹回眸晴空"、"像小狮子好奇草原的广阔"、"像一条银鱼盯住清澈的大海"、"像新出厂小轿车的漆光"、"像城市焕然的铝合金门窗"、"甚至像一枚新鲜的鹅卵石／刚刚撒欢到沙洲之上"。这些比喻精彩纷呈，简直是"美"得不讲道理！开头一句"买菜回来"和结尾一句"可就是不像成人"，形成了封闭式的成人环境，与其中包蕴的童年诗意，形成了强大的张力，使得儿童目光成为一种永不干枯的鲜活的生命标本，映亮我们成年人的灰色生活。

这组《读心术》大部分创作于疫情之下的 2020 年，因此，它所呈现的生命意义和诗学价值就更加显豁了。"阳光从窗外照进来，划一小块光明的福地／坐在毯子上，闭眼，深呼吸／没有口罩的鼻子才是合格的春天／逃过死亡的幸福饱含更多的雨水"（《晨起》），这种普通的生活情境，如今读来，却感到多么不易！

师力斌特别注重诗的"此在"状态，这种"此在"，既非纯然客观的呈现，也不是抽象的哲学教义，而是"being"，具有盎然的生命意味。他的诗歌"现象学"，仍然具有"属人"的性质，尤其是置于新冠疫情语境下，一切的"存在"都染上了独特的生命色彩。正是由于深深感受到了生命的"被囚"状态："雨后，趴在窗口／向外张望／绿树和白云自由伸展／映照自己的囚禁感／／于是，燕子快递出去／永定河任意邮寄／疫情缓解的时候／口罩从山坡上滚落，纷纷有声"（《第三次放松》），才更加珍视生命的自由："绵羊一样徜徉乡间的草地上／那里长满了栎树与自由的野菊"（《看电影〈奥菲莉娅〉》）。师力斌的诗亦有对于现实的超越精神："一颗种子永远在生长。道路永无尽头／走出小区就到达大海／推开窗户就是草原／而当被困在办公桌的前边／心里却耸立着群山，流淌着／一条条奔腾的大河"（《读稿笔记 10》），但是，他的超越意识并非凌空蹈虚的"彼岸"，而是立足于"此岸"，他的襟怀永远拥抱着现实自然和现实生活。他实现的是自然的人化和人化的自然，而非形而上的无根的超越。

师力斌的"此在"诗学，注重的是"平衡"之美。在《九十二》中，他铺陈了"小区的花园是平衡的"、"北京是平衡的"、"世界是平衡的"、"书法史是平衡的"、"季节是平衡的"、"后悔是平衡的"、"灵魂终究是平衡的"等7种平衡之美。可以说，生活的平衡之美是其诗歌的平衡之美的出发点。面对存在的悲剧，他不气馁，而是以积极态度处之。他拒绝把复杂的现象进行简单化处理。《永恒的地摊》写了现代先锋艺术"错位生长"带来的荒谬感。诗人邢昊同时亦是一个先锋艺术家，他秉持"三个坚决"原则："坚决讨厌厚德载物型"、"坚决拒绝上善若水类"、"坚决不画齐白石式山水鱼虫"。但是，他的地摊艺术最后沦为"孤家寡人"。邢昊手持的广告牌，上书"诗人画家卖牛画 / 艺术只卖白菜价"，真实地传达出现代艺术的尴尬处境。师力斌在揭示现代先锋文化尴尬处境的时候，并未"恨世疾俗"地展开控诉与批判，而是达观地刻绘出多元文化并存的悖论，他醒悟出"自行车是最自然的车 / 地摊是最自然的摊 / 树是绿色的地摊 / 花是缤纷的地摊 / 河是水的地摊 / 山是泥土和石头永恒的地摊"，显示出诗人对于多元文化悖论现象的理性态度，也令我们深思先锋与传统、异化与自然之间的辩证关系。

这种"平衡之美"的追求，并非价值失据，而是意味着富有反思精神的批判性思维的成熟。他不回避打破平衡的悲剧甚至灾难："一匹马曾是征途上的朋友，杀了它 / 一座饱含泉水的山林，遭到砍伐 / 往大海撒网，捕捞精灵，然后祭拜"（《读稿笔记1》)。时代迅速发展，同时也付出了代价，对此师力斌有着清醒认识。他戳穿了童话的虚伪："大部分左邻右舍冒过的炊烟，改为油烟/大部分和平油盐酱醋，勾心斗角"、"大部分河流饱含污渍/大部分山林放养江湖/仔细阅读返回的大海/弄潮的鲸鱼换成纠缠的浮萍"（《读稿笔记2》）。他杜绝滥情和矫情。他的诗作整体特质是反童话的非诗意化色彩，如《京城两个理发师》里的客观呈现：

> 一个在物美超市地下
>
> 年轻，白皙，十块一位
>
> 我理时，他拒绝了一位没有洗头的女子：
>
> "你乱糟糟的，我怎么理，回去洗了再来"
>
> 我说我的头发掉得厉害
>
> 他说岁月可以偷走一切
>
> 他还说，孔子五十而知天命，是因为
>
> 古代五十就算长寿
>
> 我说，我还是戴着口罩吧
>
> 他说，你随意，我春节期间就在此

这种非诗化的处理，恰恰是"此在"诗学现象学的基本原则。诗意和诗思不是本质化的预设，而是在具体的人、事、物、境的呈现与变化、延异过程中生成的。在海德格尔的《存在与时间》中，"此在"（Dasein）由两部分组成：da（此时此地）和sein（存在、是）。意义和意味是"现在进行时"，而不是"久远的童话与远方的诗意"。而对于一切"久远的童话与远方的诗意"的表达，都应该是立足于"此时此地"的"存在"。《常见经验》一诗，就是以当下的生活情景作为引子，展开了历史性反思。有一天，师力斌经过一个公务员考试考点——熙熙攘攘拥堵不堪的运河中学，有感于实用技术大有市场而人文精神式微的忧虑，他写下了《常见经验》。在五千年浩瀚的历史长河中，争奇斗艳的"方术"，五花八门的"攻略"，虽然"成就了大量的胜利者"，但是究竟"造就了多少幸福"，这是十分可疑的。师力斌忧患的是：技能至上的实用主义遮蔽了人文精神的光辉。他将"远方"置于当下，解读"人心"。他以日常为诗，拯救"人心"。这大概就是师力斌"读心术"的出发点之所在吧？

师力斌这组《读心术》还显示了诗艺的多方面独特性。如《见到王蒙先生》、《读南方人物周刊〈九十李泽厚最后的访谈〉》、《读莫言小说集〈晚熟的人〉》等作品中，速写人物肖像，简笔勾勒，富有极简主义风格；《也就——听楼宇烈先生讲中国传统文化》、《下班即景》等作品中，意识流镜头的闪回剪辑，思接千载，视通万里，诗思开阔，立意高远；意象的非常规组接艺术也值得反复体味，如："你已经豢养了三头熊猫／不事功夫，专事在翠竹上消磨时光／就像泉水磨蹭岩石"、"而这正是王羲之的写法，把八达岭／摆在窗前，用永定河的水／冲洗街头车辆，结果写出来／恰好是凉爽的夏天"（《放松一下》）。这些微观的写作技巧，都值得我们深思精读。

试探周公度

　　在这个几乎所有的精神生活都被边缘化的时代里，用诗点亮这个时代暮色的意图，确实是奢侈的。试图以诗的方式介入生存、指涉生存困境，终究是无效的，遑论那些逃避时代重压的安全性写作！于是，面对时代对个体的挤压，我半推半就、半是无奈半是主动地在《我的墓志铭》后记里写道："在我看来，诗越来越倾向于私密，即使对宏大题材而言。诗只是自己灵魂历程的一段见证。如此而已。诗无法改变什么，无论对个人，还是对所谓的民族、国家等等。我们写诗，其实是一直在为自己写墓志铭。"我想，用这种诗歌的理解，去把握周公度，或许是一个精准的角度。

　　这个如此压抑的开头，并不是说周公度写作的无效，相反，我要指出的是，他的写作呈现出与平庸的诗歌土壤相另类的卓异品质。先看一个小细节，当然，也是一个很有意义的话题。我第一次读到他的组诗《亲爱的小樽》时，他在文体上的独创令我眼前一亮。他在组诗10节的每节末尾标注了写作时间，它更重要的意义是，接着用简短的一句话描述这个特定时刻诗中人物的情态。如最后一节《我请求她给我去买热牛奶》：

她不说话的样子，

多么迷人。

2007.2.15 她当然没有去买

"她当然没有去买"正是写作这首诗的 2007 年 2 月 15 日诗歌文本里女主人的状态，与题目"我请求她给我去买热牛奶"形成呼应，从而成为文本的一个有机构成部分。还有，本来是很失意的一件事情，但是，正文却说："她不说话的样子 / 多么迷人。"这又形成多么大的反差！味道都在这弥漫着的裂痕里缓缓散发出来，这是周公度诗歌的魅力；这种文体的探索，是周公子独一无二的专利。

周公度似乎曾有不短的时间写童话题材的诗歌和随笔，如《光荣属于狼》、《传说猪》、《夹尾巴》、《小红帽》、《武松打虎》等。他特别善于颠覆传统童话，显现出另类的思维品质。我一直感觉周公度是个很单纯的人、很本色的人，这样的人对语言、对思维都有原初的感觉。他把这种单纯、本色的童话气质带进了诗歌写作之中。

诚然，周公度经常为我们留下非常温馨的画面："杨，/ 咱们到山顶上去吧 / 挨着小草 / 只说一会儿话，/ 说：我爱你 / 说：我爱你 / 然后坐下来 / 等着下雨，/ 杨，你不知道 / 你的小酒窝装满了雨滴 / 你真美丽"（《悬挂》）。"杨，你只需答应 / 让我吻一下 / 我便会带你去看 / 蚂蚁搬家"（《恳求》）。纯情得像那个长不大的诗人顾城。他的诗歌还经常出现矛盾语式，如《看到》："融笑的时候，/ 我看到融的嘴唇融的牙齿 / 融的牙齿多么

白呀 / 多么难看　又 / 多么地让我喜欢！"这种"返童式"表达
方式，超越了成人思维，更符合诗的意蕴传递规律。但是，这
种人间的童话，大概只是无法打捞的回忆，或者是具有象征意
味的无法实现的情感乌托邦。"相信奇迹在悲剧来临之前来临。
然而事实不是这样。事实上，悲剧总是在奇迹来临之前来临。"
（《从今尔后》）周公度的这个乌托邦的核心便是那个"穿着长
裙子"的姑娘。经过他的灵魂的反刍，她被幻化出无数的形象：

> 融穿着长裙子
> 提着一小袋山楂片　去上楼了
>
>
> 融提着一小袋山楂片
> 穿着长裙子　上楼去了。
>
> ——《相对》

　　这不是语言游戏，不同的叙述，构成的形象并不一样。究
竟哪个描述更准确？都一样准确。他先看到了"穿着长裙子
的"，然后又看到"提着一小袋山楂片"的融，是同一个人，是
连续的动态，这个连续的动态画面在诗人的脑海里反复播放。
但是，她最终远去了，成为背影，成为回忆，成为象征，成为
被浩渺的岁月碾碎的一粒尘埃，被忽略，被历史遗忘，却积淀
在诗人的灵魂深处，成为不可言说的秘密。

　　"秘密"，应该是周公度诗歌的第一关键词。张楚说"孤独
的人是可耻的"，而我说"没有秘密的诗人是没有深度的"。据

西方心理学家研究，拥有秘密的人，生活是丰富多彩而不是单调的，是善于思考而不盲从的，是善于协调生存而不呆板的。从哲学的意义上讲，秘密是生命的信仰，是希望的出发点。周公度的诗歌可以与他的散文《从今尔后》做一个互文解读。他说："我想讲出内心对你的渴望。想大声地喊出来，想从所有的方向、告诉所有的人我需要你，关爱你。爱得像时钟，分分秒秒，寸土不舍弃，不休不止，不退离；爱得像一只小狗，步伐柔软小心，欢快进餐，迅速睡眠，但又在每一刻注意倾听，注意你的日历与消息。就像我是一只小狗，看着时钟，盯访你。"正像他的《不会有人知道》说的："我想找个没人的地方／哭一场；//我要我的哭声／像个小狗一样。"因此，在他的诗中，我们会一而再、再而三地发现"断裂"与"矛盾"的语义。《小妩媚》里说："我错过了一个人／这个人便天天经过我//她知道我／要错过一个人。"《秘密之城》里说："我一直关心着她的消息，／而她永远不会知道。"《午后》里说："你给我拂晓的气味，／我全部处理成午后的叹息。"诸如此类的短诗，跳跃性极强，却又蕴藏着无尽的秘密和灵魂的信息，往往是心灵的密语。他有大量只有两行的诗，如：《〈乡村牧师日记〉笔记》："我有些话／想讲给你。"《蠢话集》："她是坚强的，／她背着我哭。"《小步舞曲》："我和她吵架，／总是不得要领。"还有《如果没有见过》以及前面提到的《我请求她给我去买热牛奶》等。矛盾语式在周公度笔下比比皆是，而且文本表层与深层也往往构成对立，前面提到的《草莓莅夏》是这样，组诗《亲爱的小樽》也是这样，10 节都是写女主角的缺点，只看存折不看人啊，依心似铁啊，走路甩屁股啊，擅长冷心肠啊，懒惰啊，爱吵架啊，与题目形成极大张力，他说："你有没有注意，/ 无论多丑的女孩 / 都有人爱。"种种断裂都谕示着诗人心灵的磨难，只不过他的磨难与伤口掩饰得太深。"她频频用微笑来装饰谎言，她权衡着利弊伴随你，说爱你。""没有人知道你已有了伤口。"周公度倒有一组《更多的人死于心伤》，正面撕开了内心潜藏得很深的伤。其中的《中山书店》第一段末句是"我希望遇见她"，紧承着的是下一段的开始："她不会看到我"，突兀而来的这句话，把读者塞得愣是难受。其中《似水之年》里写道："只是一句'我爱你'/——我爱你。// 他至死都不肯说"。这个句式在周公度的诗中反复出现，构成隐忍的刀子埋在灵魂的肉里。最后一节《布纹封面小说》予以点题：

> 有一天，如果
> 你终于读到一本书，
> 名字叫"更多的人死于心伤"，
> 一定写信告诉我。

　　周公度的诗，是隐忍的，内敛的，甚至是自恋的，他的秘密紧紧攫住读者一起沉进去。但是，我们在试探周公度的诗歌时，总是一无所获。因为，与其说是试探周公度，毋宁说是同时在试探我们自己的隐秘世界，或者说，是周公度的诗歌唤醒了我们每个人灵魂深处的东西。艺术的力量，首先是指向个人的。当然，这只是一种很好的端口，顺着这个端口，我们还需要朝着更深阔的境界进逼。我在周公度的三个组诗中看到了他朝向更高阔的远景迈进的历程——《眼中沙粒》（2002.11—2002.12）、《欢迎来到熙攘闹市》（2004.10—2004.12）和《死神在美里呼吸》（2007.1.25）。这三组诗都在比较广阔的生存体验中拓展了诗境。《眼中沙粒》之《我们应当怎样对待妇女》道出隐蔽的虚伪，之《镜中人》剖析残酷的自审，之《深秋之风催促夜行人》揭示怎么飞也飞不高的那个人的"冰冷"命运。《欢迎来到熙攘闹市》之《我会是一个木匠》、《晨鸟之歌》、《落叶长安曲》、《通往尘埃之路》等，状写人世的朴素、担忧、灰色、虚无，在隐忍里呈现的是"被陈水逐年浸蚀，/锈迹渐深，越来越薄"的"粗粝的砂纸般的命运"，以及"多数飞翔完不成迁徙"的宿命。到了《死神在美里呼吸》里，已经达至绝望之后的淡定、沉静，静观死神"它的呼吸没有表情／掠过树枝，经过车流／映着刀的锋芒"。他已经超越了断裂、迷茫，与命运达成了和解。这是宿命，更是生命理性的自我调适，因此，诗歌也得以从单纯自我秘密的泄露升华为富有节制的感情透视，单纯中有了浑厚，情绪表达中有了内核。这是生命与诗的双重觉悟。

其实，周公度在1997年有一首诗，已经预示了他所有文字的主题，他以童话般的清澈，参透了人世："花说：/你看这些人呐，/他们生着双脚，/多么劳累啊！"（《花语》）超然的清澈与内在的厚实合二为一了。如今，周公度生了双脚，他将怎样再像一朵花那样，反观人生呢？

在"稗史"中唤醒的诗歌语言

——读安遇诗歌

 估量一个诗人，最首要的一点就是语言问题。我发现不同年龄段的诗人由于自身的生命经历和诗写经历的积淀之不同，往往会产生不同的语言感觉。最初接触安遇的诗歌的时候，我以为他是刚刚冒出的 70 年代出生的诗人。看到介绍说他生于 1949 年，我不禁大吃一惊：他的语言状态富有的轻捷而飘逸、透彻而淡定的质地，迥异于 40 年代出生的诗人群。这，无疑成为确立他成功的首要因素。

 一般地说，共和国以前出生的诗人，其人生经历了太多的腥风血雨和历史变故，会深深地浸润到他的诗写之中，浸淫到他的语言内核，在处理诗歌语言和内心体验的关系的时候，往往会呈现出高度的紧张性。这是因为，那一代人对于语言的核心观念是——语言是思维的直接现实，语言是表达情感的工具。这种二元对立的思维方式，深深植根于他们的诗写意识。由于语言处于诗写的工具位置，那又是一个强调思想内容大于艺术形式的时代，特别强调语言的意识形态象征功能，这就更加剧了诗歌语言内在的紧张性。

 而安遇的诗歌语言却在穿越了 60 年历史风云的浸淫中实

现了复活，呈现出"反季写作"的语言状态，着实令人注意。他在《今天我要带着一个句子出门》里写道："我要带着一个句子走近，听句子发出声来／向他们学习，向他们致敬／／让我像一个句子那样，在弱弱的问候中，活过来。"在他的诗中，语言获得了主体性，每一个词语和句子都具有生命，都能够"发出声来"，诗人正是在与这种活的语言的相遇中，获得了自身的生命。诗歌语言不再是被操控的工具，而是与诗人生命同构的载体。

在《元写作，贾岛治下：七个诗人和一个批评家》（胡亮主编，中国文史出版社2007年2月版）中，安遇作为首发队员列在第一单元，奉献了《"稗史活页"的三十六个抽样》，虽然部分诗作似乎还没有完全摆脱诗歌语言的工具性质，还带有表情达意时语言的紧张性，但是，他已经完全打破了他们那个年龄段诗歌的思维定势，打破了他所经历的那个时代的意识形态定势，诗歌的工具性已经完全消失，从而回到诗歌自身，语言的主体意识与生命感已经呼之欲出。"稗史活页"已经清晰地呈现了他对于意识形态思维定势的解体意图，开始回到民间与个人的生存与思维。《一个南瓜，就是一个铜矿》、《突然的唢呐声》、《父亲》，以及组诗《对面那个人》、《私人地理》，规避了宏大的意识形态话语，语言朴素，意象清舒，语言的质地与人生体验的淡定，形成了最大程度的同构，消弭了语言与内容之间的二元对立的紧张性。这一特色在《私人地理》中的《望五里》体现最充分：

出小镇场口，就是水磨河
过高家桥，上左边小路，翻坡就是罗家湾了

这是一个古老的地域名：望五里
眼下，在一条土公路的延长线上，移动着一个人影

那个人走得太慢了，慢得像我的祖辈，我的父母
在望五里走完一生，最后也是这样，缓慢的，渺
小的

那个人走得真慢啊，慢得像我，永远在回家的路上
移一步，百年已经过去

慢得像春天的风，像久远的颂词和谎言
在大地吹拂

到了《元写作，差异之美：对蓬溪诗群的再考察》（胡亮主编，中国戏剧出版社 2009 年 10 月版）里，安遇的《诗二十首》呈现出令人讶异的变化。这些诗篇非常整齐，纯然、浑朴、澄澈、淡定，这既是语言的魅力，也是人生况味的沉积，二者完美地融为一体，早期诗作中残存的渣滓已经荡然洗尽。《不知道是秋天了》、《这是春天》、《那就是桃花呀》、《那时》、《速度》、《我像一架牛车》、《下午茶》、《一个人在树下》等，都是成熟之作。古典与现代、内容与形式、语言与体验，这些辩证

的概念，你都需要再去搞什么辩证了，它们浑然一体地呈现出
"生长的、活动的、新鲜的、干净的"诗歌品质。《那时》和
《一个人在树下》，一个诗思发散，一个诗思内敛，但都抵达了
同样的高度。我们先看《那时》（2008.6）：

> 那时有大柏树，乌桕，皂角，夜合欢
> 有阴地，有刻着显妣显考的石头
> 有深草，野兔子，黄鼠狼，菜花蛇
> 有石板路，灌木，紫藤，马蜂窝
> 有打扫得很干净的院子
> 有卧牛
>
> 那时有寺庙。有小妇人上山烧香
> 有僧人下山化缘，他侧着身子
> 从她身边走过
>
> 那时有布谷鸟，叫一声
> 女人就起床了，叫一声
> 男人就出门了
>
> 那时有花轿，有迎亲小乐队
> 有红盖头，有大朵朵花衣裳，花被子
> 邻家有女。十六七岁就嫁人了

那时人怕鬼

他们在月亮坝里说故事

把小孩子吓着了

把自己也吓着了

那时有艾叶，菖蒲，雄黄酒

回家来的小姨妈有病，夜里盗汗

土墙上有竹子影子

空气有淡淡的中药味

那时有大宁静

在我们的黑夜和骨殖里

　　诗歌犹如一系列电影镜头，聚焦到"那时"，一段远古气息的时光。先是用"摇"的手法，环视全景，然后镜头前推至"小院"、"卧牛"，近景、特写，渐渐现出人与物。整首诗好像一个节奏舒徐的长镜头，呈现了从早到晚一天的生命形态，然而不事渲染地泄露出一生的底色。"那时"一词，富有距离感，而诗境却是非常质实的、逼真的，营造出的诗意是现场感的，远镜头何以获得了如此质实的效果？乃诗人的心灵近也。读这样的诗歌，我们浮躁的人生会沉静下来，在诗中找寻我们灵魂的寄居地。

　　如果说《那时》是对灵魂的远古形态实施的一次长距离生命辐射的话，那么，《一个人在树下》（2008.10.29）则是内敛的生命聚焦。

一个人在树下

坐着

两手空空

抱着

目光在远处

寸寸脱落

远山

河谷

村寨

草坪

纷繁的花

及至久远的事

亲近的人

在他的内心转暗

收紧

及至黑色的隐语

一块石头

在边上坐着

抱着

比他把自己抱得更紧

　　这是 21 世纪诞生的一块"石头记",是喧嚣时代的一次灵魂的反刍与自我触摸。他内心的"远山"、"河谷"、"村寨"、"草坪"、"纷繁的花"、"久远的事",反衬出这个时代"白茫茫大地真干净"的灵魂境遇，以及这种境遇下"内心转暗、收紧"的悲剧，"一块石头 / 在边上坐着 / 抱着 / 比他把自己抱得更紧"，被收紧的孤独之心昭然于诗。诗境完全是古典的，诗思却是现时代的。

读安遇的诗，我们能够获得一种把自己的灵魂放低并且安妥的力量，这便是他的人生历练和文字历练的结果。他没有把语言放在历史的熔炉里蒸发得呈现出喧嚣与狰狞的面目，而是对宏大的历史抒情进行疏离，告别意识形态话语方式，谦卑地向"稗史"致敬，向自己的内心世界探触。他在"稗史"中唤醒的诗歌语言，才是真正的"生长的、活动的、新鲜的、干净的"（《今天我要带着一个句子出门》）。他的生命与他的诗歌语言，都因自为状态而获得了同构。这才是人生体验所应该抵达的境界，因为他的语言融入了生命，或者说，他的生命融入了语言。

钢铁与水泥时代的精神画像
——方石英短诗导读

　　郁达夫说过:"文学作品都是作家的自叙传。"这句话最适合做方石英诗歌的注脚。方石英的诗歌具有强烈的自叙传色彩。他的作品清晰饱满地呈现出方石英的精神肖像,并且实现了对诗人自我灵魂故乡的探察,以及诗学精神的还乡。我们从他的诗集《独自摇滚》[①]中撷取三首短诗《独自摇滚》(2004)、《父亲的大兴安岭》(2003)、《稻草人》(2008),便可窥视一斑。

　　《独自摇滚》是一幅摇滚诗人自画像:"大雁进入小学课本/天空一下子变得湛蓝/风吹动白云/风吹动菊花/同时被吹动的还有我疯长的头发//一切似乎都是预先设定/我带着自己的影子/游学四方/碰到一些好人/碰到一些坏人//我的名字/隐现在火焰边缘/我是如此热爱睡觉/石头把我的梦垫得很高很高"。方石英非常偏爱这首诗,把它作为自己诗集的名字。在很大程度上,这首诗可以看作方石英的自画像,一幅摇滚诗人的素描。方石英无论为文为人,都一直呈现出儒雅、低调、内

---

① 方石英:《独自摇滚》,浙江文艺出版社 2011 年版。

敛、安宁的品质，而这首诗却呈现了一个更加内在的方石英。我不知道方石英是否喜欢摇滚，或者做过摇滚歌手。但是，诗歌确确实实呈现了一个摇滚诗人的形象——情感如长发飘逸，诗思如牛仔裤饱满，充盈着独立不倚的摇滚精神。

方石英多年做电视纪录片编导工作，因此，他深谙镜头的秘密。在他的诗歌作品里面，镜头感非常强。第一节由5个镜头构成："大雁进入小学课本"；"天空一下子变得湛蓝"；"风吹动白云"；"风吹动菊花"；"疯长的头发"。这组镜头视野开阔，富有层次感。在这高远境界的背景下，抒情主人公出场了："我带着自己的影子 / 游学四方 / 碰到一些好人 / 碰到一些坏人"。这些貌似轻描淡写的句子，恰恰在深处流溢出独立傲岸的游吟诗人的品性。他的灵魂在本质上永远处于"独自"状态，在"游学"的过程中，"碰"到的无论好人还是坏人，似乎都无法触及他深层的灵魂，"碰"一词，传递出人与人之间的"偶然性"，谁也无法改变他自身的"必然"状态。所以说："一切似乎都是预先设定。"这种说法并不是所谓的"宿命"意识，而是基于自我认知的确认，以及无法更易的个体本性。

最后一段最能体现诗歌的自叙传色彩。他的名字"方石英"是一种十分特殊的石头。他的祖父为之起名的时候，就寄予了刚柔相济品性的期望。方石英是一种冶金原料，极难产生化学变化或诱导反应发生，即使在极高温度或恶劣的环境也不会裂解变质。这种材料本真即隐喻着一种人格。一方面，我们在生活中看到了诗人方石英的温和与安宁；另一方面，我们在诗中看到的是他的内心的坚硬、激烈与尖锐。最后一句"石头把我的梦垫得很高很高"可谓整首诗的"点睛之笔"。"石头"在方石英的《石头》、《往石头的方向看》、《石头之歌》等很多诗中都是一个具有母题意味的意象。这些诗歌都可以与此诗进行互文解读。《石头》一诗中写道："石头！内向的心隐居在深处／孤独的、纯洁的、绝望的／石头，喜欢把耳朵贴着泥土／倾听树木缓慢地生长／还有风，源源不断地运来远方的寂静与荒凉"，"石头！早已习惯在大地上独自流浪／不管以何种姿态现身／都会保持必要的坚硬"。这是"隐现在火焰边缘"而淬炼出来的精神人格。他的内心无论多么桀骜不驯、多么激烈与尖锐，最终的形态却是坚固而安定的——换句话说——风暴的内心是平静。

　　不得不提及这首诗内在的力的结构图示。诗歌首段展示的是境界阔大高远的天空系列意象，按照常规写法，尾段往往安排大地意象与之协调起来。而方石英以"石头"作为结尾意象。画面支点是石头，而不是大地形象。这样，首尾所构成的结构图示，恰恰是一个"倒三角形"。不过，从阅读效果上讲，这个"倒三角形"并没有给我们带来不稳定感，其原因在于画面的支点"石头"自身所涵有的内力支撑。于是，矗立于天地之间的一个真正具有定力的独自摇滚的灵魂歌手形象，以独特的艺术方式，得以塑造完成。

　　如果说《独自摇滚》是诗人自我精神镜像的呈现，那么，《父亲的大兴安岭》则是他在深情回眸中的一次灵魂寻根与精神还乡。

　　方石英的精神世界是一个立体多面体，兼具南方文化的温和性情与北方文化的坚硬品质，或曰：刚柔相济。这或许与其父亲二十出头就远赴大兴安岭的经历与人格陶染有关。《父亲的大兴安岭》写到他的父亲在大兴安岭地区的人生磨难。这里有一个深情的家族叙事。据方石英讲，他的父亲与舅舅从小认识，所以他的父亲与母亲认识很早。后来，父亲作为知青远赴大兴安岭，一待就是十年，而母亲在南方为爱守候。其间他们鸿雁传书，直到父亲返城回乡。这首诗于是也就在南方与北方的空间中展开了父母二人的情感世界。

　　《父亲的大兴安岭》塑造了两大意象群落。一是南方意象群落，性质是母性的，与其母亲生活的环境有关，包括"故乡的海"、"南方的梦"、"南方的雨"、"母亲的泪"等，指涉的是生命感受的敏锐细腻与情感的丰富充沛。二是北方意象群落，性质是父性的，包括"大兴安岭"、"塔河"、"斧头"、"雪地"、"土炕"等，指涉的是父性文化的辽阔、坚硬、朴质。在方石英的生活世界里，南方意象本来是作为主体生存的，但在此诗中却退居背景地位，而将北方意象置于核心地位。两大意象群落，南北时空交织，构成了极大的空间张力、文化张力与情感张力，也造就了方石英精神空间的丰富性：在表面的温和下面，潜藏着坚硬的内质，如山上的石头，棱角分明，不华丽、不淫靡，朴实，深沉。

　　他在写给父亲的另一首诗《幸福，那是我出世》中写道："我每天都看到你走在路上 / 手里紧攥一块石头，有棱有角"。大兴安岭不仅是父亲"命中注定的第二故乡"，也是方石英的精神故乡。方石英的生命中一直凝结着一颗尖锐、坚硬而内质安宁的石头。在很大程度上，大山和石头，已经成为方石英父子的精神图腾和坚实的生命形态的外化。

我特别留意到，这首诗写于 2003 年。三十多年以前，他父亲乘列车北上大兴安岭，正处于"文化大革命"时期，而诗人方石英却完全淡化了时代背景，只有"手风琴"意象隐喻着父亲的知青身份，只有"青春在手风琴上一次次回荡"一句，便让命运的痕迹迅速闪过。他对诗思进行最大限度的简化，使之尽量简单，回到原初的朴素，在最原初的朴素的大自然的神启中，昭示出纯粹的人性状态。方石英从未到过大兴安岭，虽然那里也是方石英心灵的重要维度。就在这种时空的距离中，诗歌的味道辐射出来。

方石英的诗歌虽然具有强烈的自叙传色彩，但并未走向自恋抒情。在非个性时代里，他追求的是个性化的抒情体验，彰显钢铁与水泥时代的精神力量与人性力量。在很大程度上，方石英的努力，也正是为了诗歌精神的还乡。

《稻草人》是其代表作："起风的时候，我开始幻想 / 在麦浪上练习书法 / 或者叹息，在水做的夜晚 / 往事的鳞片以落叶的轨迹下沉 / 失眠的鱼拒绝长大 // 我看见天真无邪的脸上 / 有委屈的泪水 / 却无法上前安慰 / 我看见最美的风景里 / 生长着贫穷 / 但永远不能开口说出 // 我只能站着倾听 / 风的倾诉，是一张旧唱片 / 在季节的轮回里一遍遍播放 / 我的心啊，空空荡荡 / 像一座年久失修的教堂"。

步入了现代工业文明社会以后，方石英《稻草人》的出现无疑会具有独特的象征意义。因为"稻草人"意象是一个时代的象征。这首诗让我想起了T. S. 艾略特的诗歌《空心人》，"空心人"意象也是一个时代的隐喻。不过，无论抒情形态还是抒情内质，二者都有很大分野。方石英所要表达的是，农业文明时代转型为工业文明时代以后"抒情个体"的质朴的人性力量。而T. S. 艾略特所表达的是"群体主体性"的溃散。方石英的力量来自个体生命的确证；T. S. 艾略特的力量来自时代语境的瓦解。

T. S. 艾略特倡导"非个性化"理论，认为："诗不是放纵情感，而是逃避情感；不是表现个性，而是逃避个性。"[1]艾略特其实是针对浪漫主义过度宣泄激情的弊端，而着力于普世意义的传达。他的抒情视角是群体视角，更多地运用"他们"、"她们"，力图表达宏观的时代语境。《空心人》表达的是高度物质化的现代文明濒临危机、希望渺茫、精神空虚的时代语境里人的主体性溃散的悲剧。开头的"我们是空心人／我们是填塞起来的人／彼此倚靠／头颅装满稻草。唉！／我们被弄干的嗓音，在／我们窃窃私语时／寂静而毫无意义／像干草中的风"，为我们勾画的"空心人"，便是失去灵魂的一代人的象征。

如果说艾略特的《空心人》是公共情感和社会状况的整体隐喻，象征着群体主体性的瓦解与死亡，那么，方石英的《稻草人》则是对于生命尊严的呼唤与个体生命价值的确认。

---

[1] T. S. 艾略特：《艾略特文学论文集》，李赋宁译，百花洲文艺出版社1994年版，第11页。

《稻草人》共 16 行，却频繁地出现了 5 个第一人称"我"："起风的时候，我开始幻想"；"我看见天真无邪的脸上 / 有委屈的泪水"；"我看见最美的风景里 / 生长着贫穷"；"我只能站着倾听"；"我的心啊，空空荡荡"。个体抒情的视角贯穿得非常明确而坚决，传递的是个体的朴质的情感。但是，方石英诗中的情感，并不是简单化的确认，否则就是一首肤浅的平庸之作。方石英的将个体主体的抒情力量置于受阻状态，于反弹之中激发对于正面情感的认知。

第一行"起风"，隐喻着生命的吹拂，生命扬起之后，"稻草人"的积极力量并未立即实现，而是在"幻想"这一"拟态"层面打开。接下来的都是负值情感："叹息"、"往事的鳞片以落叶的轨迹下沉 / 失眠的鱼拒绝长大"、"风的倾诉，是一张旧唱片"。而且充满了大量的转折："却无法上前安慰"；"但永远不能开口说出"；"我只能站着倾听"。诗中处处流溢着个体生命的无能感（powerlessness），而这种无能感，恰恰是工业文明对于传统农业文明侵蚀带来的情感负面效应，是纯棉时代向钢铁时代转型带来的价值危机。诗歌的表层结构是否定式、受阻式的，而深层结构却是对于灵魂失重时代的价值反思，这种价值重建就像对"一座年久失修的教堂"的重新安排。

艾略特在《空心人》的结尾写道："世界就是这样告终的 / 世界就是这样告终的 / 世界就是这样告终的 / 不是砰的一声而是一声抽泣"。方石英的《稻草人》则是一个时代"告终"、另一个时代强行"插入"的巨变之下发出的"一声抽泣"。在钢铁与水泥的聒噪声中，究竟谁能倾听这"一声抽泣"呢？答案是：

只有诗人自身而已。他说："一直以来，我希望自己的诗是质朴的、坚定的，并且是感人的，像一块宿命的石头，呈现作为个体的人在时代与命运的迷局里所应该持存的生命的尊严。"[①] 但愿这"希望"不会成为这个时代的"奢望"。

---

① 方石英：《自序》，见《独自摇滚》，浙江文艺出版社 2011 年版。

匠心独运的后现代"杂耍"
——评安琪长诗《你无法模仿我的生活》

　　安琪的诗歌写作总善于非常规出牌，常常推出独一无二的不可模仿的文本。昨天在微信看到高世现的一个帖子说："通常实验性不大的新诗易被认定好诗，偏偏这类诗又最容易发表、获奖，因为争议不大，中国人多保守！"而就在前天晚上，我做了一个梦，梦里我告诉安琪说："你早期的诗歌与官方奖项无缘。"回眸安琪的长诗，确实如此。也正是这个理由，安琪得以荣获知名民间奖项"张坚诗歌奖成就大奖"的《你无法模仿我的生活》更显出其独异价值。这是她的又一次"永远未完成"的极限实验，文本所呈现出的后现代"杂耍"风格，彰显出安琪孤绝的先锋品质。

　　"杂耍"本是电影蒙太奇组合的独特方式，指的是选择具有强烈感染力的手段拼接组合镜头，以影响观众的情绪。20世纪20年代初，由苏联蒙太奇学派代表人物谢尔盖·爱森斯坦在戏剧与电影创作实践中采用。就安琪的《你无法模仿我的生活》而言，"杂耍"风格主要有三个方面：后现代拼贴、戏仿、元诗性质。

　　《你无法模仿我的生活》延续了《轮回碑》等长诗的非线

性后现代拼贴特点。各种现成素材组接起来，如杨炼的诗句，林茶居、林光荣、伊沙的语录，老巢、马惊飙的妙语，叶匡政、沈睿的文摘，吴子林、刘伟雄的电话，柏拉图式的《对话录》，以及与马氏互对的打油诗……举凡生活纪事、情感波动、想象虚构、语言游戏，皆随手拈来，天马行空，左右逢源，杂花生树，摇曳生姿。"杂耍"拼贴的素材，还常常出现有意味的互文现象。如她将杨炼的诗句与诗人杨炼本人的形象并置，使之产生同构效应，"男神"的形象得以立体呈现。而"再杜拉斯一些、再皱纹一些都没关系吧？"又与安琪本人另外一首诗《明天将出现什么样的词？》形成互文，饶有趣味。

她拼贴的很多素材都经过了个性化的处理，这种处理方式，我称之为"戏仿"。对词语、诗词、成语做扭曲变形处理，以释放隐藏的语言秘密，是安琪的拿手好戏。她调戏"不为五斗米折腰"；她反讽"此泪只应天上有，人间胜似洗面奶"；她错接古典诗句"惊飙从天降，好马知时节"，"弃我去者，昨日之日不可留／乱我心者，今日之日在天上"；她戏弄对仗"花事因雨连三月，草色遥看近却无"、"叶嫩雨肥碧云天，蜂叫蝶嚷黄花地"、"可惜绝配天地隔，恨不相逢未家时"；她对"你好"进行拆字，变幻词语的所指；她戏仿莎士比亚关于哈姆雷特的问题："生存，还是毁灭？这是一个问题"，连续模拟同一句型造句，通过一系列的"排仿"，显示自己的思考和智慧。她还新撰《三字经》："在高处，不胜寒。人欲近，不可攀。想说话，从何谈？既按部，又就班。拈花笑，欲参禅。"她不是在游戏，也不是在炫技，她在释放语词蕴藏的秘密的时候，有效地宣泄了自己积压已久的心绪。有时，她对每一个字都"斤斤计较"，极其精微。比如，第 41 节"他们纷纷走那边"连续使用 14 个"纷纷"，尽显芸芸众生事态与情态，本节最后她写道：

> 纷纷不知老之将至着
> 纷纷散场了
> 散场了
> 着。

"散场"本来是一个非延续性的动词。"了"指的是过去时，而"着"指的是进行时。在"散场了"之后，另起一行，一个"着"字，使"散场"之后的况味和情绪得以无限延宕，似乎永远处于进行时态。这种极其个性化的语言实验，非安琪不能。

这部长诗的后现代"杂耍"拼贴，一个重要元素是它的"元诗"色彩。"元诗"（metapoem）这个概念本是借用"元小说"概念。"元小说"是一种后现代文学体式，指的是一种有意识地强调小说虚构性及技巧的小说，它往往包含有小说文体自我认知、自我反思的意味。"元语言"（metalanguage）就是"关于语言的语言"，即用来涉及或描述另一种语言的语言；"元批评"（metacriticism）是"关于批评的批评"，即试图对批评实践进行分类、剖析，为之建立普适原则的文学理论；"元小说"（metafiction），即"关于小说的小说"。所谓"元诗"，简单地讲，就是关于诗歌的诗歌，有时具有诗歌文本的自指性质与诗人的自我反思性质。《你无法模仿我的生活》一诗，充满大量关于诗歌性质和诗人自我的阐释。安琪在这首诗里谈顿悟，谈诗的虚拟符号性，谈一首诗歌的长度，谈一首诗是"荒芜身体荒凉此生的／唯一休闲，唯一娱乐。"……她在谈论诗歌的同时，也是在谈论她自己的生活。她在第44节里写道："像杜拉斯一样生活，像狄金森一样写作？电影是独立制作人的时代，诗写也是很'独立'的，我会'独立'得更彻底了，像 Emily Dickinson——与世隔绝式的诗写。"她在第13节里还说："我所有的诗歌基本都是生活真实而非寓言，我的生活本身就很寓言了。／我唯一的幸福和幸运就是：我能表述。"这种表述本身即意味着她的生活形态跟她的诗歌形态是合一的，泯灭了二者的本质的界限，也正像她曾经说的：诗歌是她的生命器官。在第64节里，安琪情不自禁地发布了"'世界诗歌日'（2009-03-21）安琪的诗观12条"，比如已经为读者所熟知的几条："信仰诗，诗有神。""我经常在写作中感受到如有神助，神即诗神。""未经文字记录的人生不值一过！""保持一颗先锋的心。""平庸之人无法写出先锋之作。""先锋，永远必须！它是创新、勇往直前、壮志未酬身先死的激烈，它使'我到来、我看见、我说出'成为可能，它拒绝千人一面，它血管里流淌的永远是个性的血。""你无法模仿我的生活。""我有极端的性格，正是这性格保证了我的诗写，只要这性格一直跟随着我，我就能一直写到死。"

　　"杂耍"式后现代拼贴，貌似无序的、非线性的，但是其文本却是"形散而神不散"的。其"神"也跟文本形态一样，是一个丰富的矛盾统一体。具体而言，一方面是情感情绪体验的虚空，另一方面是自我精神角色的确证。二者形成了极大的张力。安琪极少有欢快之作，多为沉痛无言之语。此诗弥漫着人生的宿命感与无奈感、情感的绝望与悲哀，乃至于爱恨交加的自虐。在第 39 节，她为我们描绘了一幅超现实的荒诞画面，那是 28 楼的恐惧：

> 假设我们撤下那些砖瓦，所有生活在空中
> 的人将是你我他——
> 他们齐刷刷跌落下来，仓促的脚在空中乱动
> 划出一道道灰尘的气浪。

这种悲剧意识，既是源自安琪个体的，又是属于整个人类的。最后一节第 77 节，题目明明是"决不让崩溃胜利！"，然而正文却是一句话："正如我对你说的，我不知为何这般分裂，总是控制不住地人前激情而其实内心几近崩溃。"悖论式的组织，彰显了她生命体验的分裂。而唯一能够拯救她的就是"诗神"！她内心巨大的漩涡之所以没有将她吞噬，完全在于其诗人角色的自我确证。本诗中多次出现一些诗歌大师的形象，如杜拉斯、狄金森、杨炼、海子、昌耀，多次出现《海子诗全集》、《海子诗全编》、《海子评传》、《昌耀评传》等典籍，在很大程度上，这些都是安琪自我角色的隐喻性外化，构成了她的自我精神镜像。从《你无法模仿我的生活》中，我们看到一个诗人在写一首诗，一个诗人在告诉读者她写的是怎样的一首诗，

在告诉读者她是怎样的一个诗人，最终，在她所有的绝望与虚空中，深深地揳进去一根无法自拔的锋锐无比的刺，这根刺就是倔强的诗人角色，这是安琪无法挣脱的宿命。这是一部关于诗人自我的生命乱象与诗歌产生奥秘的文本。我之所以将这首诗视为"元诗"文本，核心要义即在于此。

安琪在第54节写道："我深知先锋对人本性的破坏会大于它对人的塑造，它让你在看到更为纷繁破碎、瞬息万变、玄秘凌乱的世界的同时也将剥夺你原始的本真的哪怕是无知也好的安宁。……先锋很破坏人，中国古典安慰人。"这，正是本诗的诗眼。后现代"杂耍"，虽然是一种文本风格，但根深蒂固的是她的先锋诗歌理念的流溢。貌似天马行空实乃匠心独运的拼贴，碎裂的文本对应的是深深的海子式的绝望。李泽厚在《世纪新语》中曾经说过："现代社会的特点恰恰是没有也不需要主角或英雄，这个时代正是黑格尔所说的散文时代。所谓散文时代，就是平平淡淡过日子，平凡而琐碎地解决日常生活中的现实问题。没有英雄的壮举，没有浪漫的豪情，这是深刻的历史观。"《你无法模仿我的生活》是安琪建构"一个人的史诗"的文本性的瓦解，与其说这是她自我的内部瓦解，毋宁说是历史理性主义破裂带来的自我碎片化生存状况的觉醒。她在非史诗时代所做的史诗写作，这种行为本身即是一个巨大悖论。这种与碎片化文本同构的碎片化生存语境里，安琪的诗人英雄主义和诗歌理想主义，着实显得十分悲壮！

在回眸与逃离中确立自我

——读赵目珍诗集《外物》

赵目珍与我是山东郓城老乡。他的诗歌，让我倍感亲切，跟他一起思考，很容易产生深层的灵魂共振。鲁西南人大多具有浓厚的乡土情结，且蕴藉着儒家的忧世思想。赵目珍一方面对故乡展开深情绵邈的灵魂倾诉，是故乡的深情回眸者和守护者，同时，又是一个自觉的疏离者和逃亡者。他在回眸与逃离的多维情感中寻找着自我，在刺探历史和勘查现实的过程中建构起自我。

故乡，是生命的发源地和感情的最初维系。鲁西南的亲人友朋、风土人情、云鸟雪月、小麦河流、炊烟农耕，甚至老牛拉的一坨屎，都构成了诗人的绵邈记忆。长久生活在都市，诗人的情感时时有一种"无根感"，于是灵魂便渴望皈依故乡。也正如他在《故乡的寓言》中所言："我的幻想是 / 做一个故乡持灯的守护 / 让年老与忧伤永不到来"。乡土所寄寓的最原初的关爱、温暖、和平之意，不仅仅是一种个人化的情感体验，更是一种价值层面的普世价值。潜藏在乡土之思的语词背后是人类共通的情感价值取向——家园意识，它常常唤醒我们集体无意识深处最真挚的感受。家园意识作为极富吸附力的一个文学命题，贯穿了中国文学史始终。家园意识绵延数千年而不断。当下的社会里，尽管家园意识形成的诸种文化基因已经淡化，但作为文化原型意象，已化为中国文化因子，积淀在中华民族的精神世界。"家"是生存之根，有了故园才有了对异乡的恐惧。现代社会的喧嚣与动荡使人们被动地进入了陌生世界，产生了"被抛"的感觉以及焦灼、恐惧、孤独感。也正是在这个意义上，张承志才不止一次地写道："I'm on the road."苏童才在小说中写道："我的枫杨树老家沉没多年 / 我们逃亡在此 / 便是流浪的黑鱼 / 回归的路途永远迷失。"赵目珍的怀乡抒情，呼应了现代文人在寻根思潮中寻找精神家园的失望，形成了"流浪美学"。

怀乡是一种普泛的情感状态，关键问题是如何升华为一种具有现代意义的价值理念。如果不能解决这个问题，就很容易流于温情主义。赵目珍有意识地规避了温情主义，从而进入对复杂人性和命运的自觉诗写。一方面进行同情式体验；另一方面又拉开时空距离，对土地文明和黄土情结进行理性透视。赵目珍的故土抒情就具有了相当程度的冷峻性和复杂性。他对于那个卑微谦和的村庄赵家垓的凝眸，具有透视整个乡村文明的意图。他描写的亲情已经超越简单的感恩之情，在一定程度上表达了农村的生存境遇。《清明祭》自始至终以连续的"我的"呼告，连缀繁密的意象，一气呵成，堪称为乡土文明招魂。《村庄》貌似客观的呈现其实传递出一种无奈的心情。《农耕》彰显出农耕文明的奴性和悲剧性生存，消解了历史主体的完整性，五千年"伟大"的农业文明几乎像宿命一样令人难以逃脱。最能揭示农民心态和生存观念的是《农民》一诗：

> 抓丁，连坐，都惊慌了几千年
> 给土地一辈子一辈子地做奴隶
>
> 住在村落里，躲避了喧嚣
> 守着穷苦，一辈子都想着发达
>
> 偶尔能耐了，也跟着作乱
> 单薄的衣衫，无力的手掌
> 最后还是把自己潦草地埋葬
>
> 如今终于出息了
> 把土地当作了自己的奴隶
> 镢头，铁锹，拼命地刨挖
> 悲哀的，永远都只是为了粮食

　　当他回眸生养他的那片土地时，往往调动所有的最原始而温暖的情愫。随着精神人格的发育，必然会出现情感的断乳，从纯情走向复杂和含混，从私人地理的阈限中走出来，进一步拓展他们的生命经验与文化经验，向更加驳杂的生存状态与人性状态挺近。赵目珍多年在大都市求学，后扎根深圳，为环境的迁移，为他开拓生命体验和诗学体验的广度、深度、高度，提供了极好的外在条件。

赵目珍进入大都市，可以说是一次更高层次的精神寻找，但也是一种精神逃亡。"一座不知名的城市与一个不为人知的村庄中／俨然一场生死逃亡"（《八月，从村庄逃亡》）。经过农业文明的"断乳"而投向现代城市文明的历程，是赵目珍的二次"精神发育"。在都市，浮躁喧嚣，物欲膨胀，生存之艰，诗性崩散，生命萎缩。他看到的"又一代"，在"每一个清晨，坐着笼子出发／然后，抵达笼子的另一个形式／／每一个傍晚，他们瞌睡于笼子／归来，然后抵达自己高昂的笼子／／他们毫无庄严地飞起，如是反复／他们循规蹈矩地觅食，如是反复／／如是反复，他们从觅食逐渐迷失／如是反复，他们从飞去逐渐废去"。极端功利主义和过度消费主义的社会把一个生机勃勃的人改变成"懦夫"，把如花似玉的二十岁小姑娘改造成"经历了沧桑的女人"。校园里的二胡声失去了艺术本色而沦为生存手段。社会远离了对生命的敬畏和真善美，"结着令人狐疑的疼痛"（《陷阱》），成为哲人和诗人的陷阱，成为人类生存的异化力量。社会的规训使多年好友，"形同陌路"，"相对如寐"（《旧友来访》）。《我们的声音》只有六行："世界像一口大钟／完全笼罩着我们／我们的声音从真实的内心发出／碰上了它／要么被减弱／要么被弹回"，但是构思精妙，立意不俗，将人类生存的悖谬与困境做了独特的呈现。他多么渴望"从一个黑暗／穿越光明到达另一个黑暗之中"（《运命》），获得内心的澄明！

赵目珍的诗中清晰地勾勒出一个沉思者的形象。在《暮光下的沉思》、《暮光时分在弗云居》、《不幸的生存》、《还只处在起点上》、《流年》、《矛盾论》、《结局》、《壮年》等作品中，充满着自省精神，思维触角密集地触及历史与现实、命运与人生。赵目珍似乎特别钟情于"薄暮时分"。在希腊神话中，每当傍晚时分，智慧之神猫头鹰就会飞起。猫头鹰是智慧女神雅典娜的原型。赵目珍钟情于"暮光"，隐喻意义，大概于此。到了夜晚，当我们的肉眼看不到外部世界的时候，灵魂的手指便开始触摸自己。就像《流年》所写："语言和诗句挡不住双鬓生满斑白／我的流年一如磕磕绊绊的骏马／三十年河东，三十年河西／我说不出自己站在河的哪一个方向／……原谅我吧，我的流年、我始终不能像梨花那样干净、哪怕一片洁白，也能够开得风轻云淡"。他再一次想到"逃亡"："我们嚼着如蜡的人生／总想择机而逃／可无论怎么转身／依然都是同样的人生"（《而立已过》）；"总想设计一场重逢／回到像青草一样呼吸的年代／暗示，或者直言不讳／在那里，我保存着最好的原来"（《原来》）。他是那么地倾心于"反生活"："把曾经的光阴步步收回"，去寻找"我们最初的愉悦"、"天地初生时的混沌"、"尝试最初的赞美"。甚至，他的爱情理想也是过着归隐的生活："我们一起高唱　归去来兮／／这是异于都市生活的又一种迥异／孤鹜　落霞　接天水／桃花　青溪　木兰舟／垦几方田地　搭几间小庐／满窗的青山遍野／漫天的明镜高悬／／你说，让牛羊满山／让鲜果儿满山／我说，让幸福满山／让咱们的娃儿满山"（《归隐》）。或许，这才是本真的赵目珍？

这样，我们就看到分裂的两个形象，一个是主动走出黄土地寻找现代文明的赵目珍，一个是深陷都市迷茫而渴望返乡的赵目珍。他自己也在诗中写道："从草根的出身上分裂出来的人

格 / 涉及自我所制造出来的矛盾 / 还将不可避免地与自我产生决裂"(《矛盾论》)。赵目珍在《飞鸟》、《几只鸟》、《天堂》、《鸟的境界》、《预言》、《一只鸟突然来临》等诗中,不止一次地写到飞鸟。飞鸟,是无羁的大自然的象征,也是历史的自由状态的象征,更是诗人自我主体的象征。鸟的境界是"它们不懂得何谓名何谓利 /……它们从不刻意追求幸福 / 这是一种最高的境界 / 也是一种最低的追求"。他把自由之心寄托在《空空》、《在云端》、《在高楼上看风景》、《船与漂流》等空灵的诗思,寄托在《可可西里》、《纳木错》、《西北大歌》、《丁嘎的冥想(组诗)》等遥远的边陲。他甚至虚构出一个"天堂":"在鸟的瞳孔之上 / 在云的羽翼之巅 / 在每一个用以褒扬的语词的上面 //……没有囚禁和流亡 / 没有饥饿和争战 / 没有罪恶和苦难 / 天堂是个时时耕耘的梦幻。"或许,这是一个避世的赵目珍?

作为一位诗人,赵目珍成功建构并确立自己精神形象的,是诗集的第一辑《大音希》。这一组诗以黄钟大吕的力量发出了惊涛骇浪般摧枯拉朽的力量。在《祖国》、《有史以来》、《悲歌》、《大音希》、《原风景》、《徒然草》、《无从下手》、《人民》、《答复》里,我深切地感受到他对历史与现实的深度刺探。面对历史,他甚至生出悲秋之痛。他的诗中频繁地出现"秋"的意象,所辐射出的悲冷之情,弥漫诗行。当他心忧失去文明根基的祖国的时候,发出哭庙般的喟叹:

面对大好河山,隐喻的人终于像失去了什么。

如风,吹落了禁果。

他的内心，一片虚脱。

亘古苍茫。
于皇天后土之中，始祖的庙寝已然蛰伏。
雄伟的祖根，败落，如草木。
洪荒在宇，万物如咒。

春秋复返，星云半有半无。
"大曰邦，小曰国。"丛生的狐疑布满丹青。
好一部上下五千年、纵横九万里的编年。
骨鲠镂羽而归，光阴将历史追没。

——《祖国》

他饱读古典，深谙传统，内心经历了从农耕文化到都市文化的深刻嬗变。他在内心深处渴望着现代人文知识分子的定力：

我的内心就是我天下的大势
任何历史的写作都是矫揉造作
我只愿意往开阔处去，往无限处去
在历史的空白处
歌，或者哭
我只尊重我自然的选择

——《歌，或者哭》

他有一首诗题目就叫"定位"，他说："我把自己定位在地下／定位在无边的黑暗地界／你要相信，这不是异端／不是叛逆，不是沽名钓誉和颠倒黑白"。他在星辰仓惶的历史与现实之中追求光明和真理的民族担当意识，令人动容。这些诗篇凸显出赵目珍作为一名诗人的历史主人翁意识。他颠覆了历史教科书中关于"人民"的高度政治化的概念："人民从来没找不到自己创造历史的概念"，"在高不可攀的更迭中一次次被骗得九死一生"（《人民》）。历史的更替兴衰，改朝换代，在诗人眼里都是烟云，"勒石记功无异于一种绝望"，"人类最完美的碑刻，刻于人的内心。／任雨暴雷霆，击而不碎。"因此，他的诗歌具有某种"以诗证史"的意义。他对历史和现实的凋敝境况感到悲凉："原野的风稍息，田禾久病不愈／枯黄的目光，像恐惧一尊尊瘟神的降临／蝈蝈蹿出草丛，触角摇动／河流震颤在一瞬，刹那间天地荒芜／／而森林开始腐烂，蠹虫堆积／惊悚一次次从心跳出发，缀满额头／死神在黑暗中跃跃欲试／涌出一场又一场潮汐"（《原风景》）。他犀利地撕开了国民劣根性的面相。为国捐躯的目标仍然满足于"只是粮食、后代，和绵延不绝的血脉"（《国殇》），蕴含着封建宗法思想。整个中国历史五千年一以贯之的"淡定而从容"，蕴含着内在的盲从（《盲从》）。所谓的勤劳坚韧，实质是"面对利益的集中和官僚化，他们迷惘得一塌糊涂"，"他们的精神与阿 Q 保持着高度的统一"，"他们的血液，凝聚了五千年的集体无意识"（《坚韧》）。

赵目珍是古典文学博士，其文其人，不可避免地浸淫了古典气质。在诗学如何接续传统方面，他可以给我们一些有益的启示。《致李贺》、《怀念李白》、《楚魂》、《神话》、《在长江之外思念黄鹤楼》、《又到江城》、《西湖记》、《隐喻》等怀古之作，既有楚骚文化之浪漫瑰奇，又有儒家文化之沉稳忧患，不仅意在还原古代文人的精神人格，在某种程度上，这些传统人格也是赵目珍个体人格的确认和外化。正由于赵目珍厚实的古典文学学殖，他的诗作在传统与现代之间达成了较好的平衡。意象的锤炼、意境的营造、语言的整饬，都颇富古典韵味。"太白的玉笛声，如梅花/在五月就已散落殆尽"（《又到江城》），视听交感，虚化为实；"夕阳打哏的黄昏就要到来了/在满地的苔藓与苍旻所构筑的不安中/没有一片落叶愿起羽衣之舞"（《黄昏》），想象奇崛，文辞古雅，显示出他在练字练意方面的功底。《达生》语言凝练而蕴藉殷实，值得玩味。

　　《外物》是赵目珍的第一本诗集，其自我形象呈现出继续生长状态。最近《击壤歌》、《乌鹊记》、《相见欢》、《如梦令》、《短歌行》、《卿云歌》、《商略黄昏雨》等诗作，古典诗艺与现代精神的熔铸，臻于成熟，这种进步令人讶异。我们有充分的理由相信，在时代日渐苍茫的暮色里，赵目珍的诗性身影将会越来越清晰、越来越弘毅。

"你不要胡乱抒情／也不要把隐喻和反讽当作救世主"

——王有尾的诗歌自觉

  王有尾的诗歌创作历程可以追溯到大学时期。当时，他以"意燃"为笔名，与同学高君渡合作印行的诗集《偏离》在黄河浪文学社乃至全校引起了较大反响。在部诗集初步显示了王有尾的创作潜质，为他的诗歌起步奠定了很高的起点。诗集的作品是多声部的汇集，既有源自生命深处的律动，又有凌空蹈虚的抒情；既有对海子诗歌的模仿，又有自我灵魂印象式的映像。深度抒情、意象营造、意识流、生活流、反讽、错接等手法在诗中都有所尝试。

  在大学阶段，王有尾深受海子诗歌的影响，《野花谣曲》、《海上的梦幻》、《四行诗》、《冬天对于一件事的几种态度》、《油菜花》、《飞翔》、《听觉》、《大地的歌谣》、《黑暗四章》、《土地》、《颂歌（一）》、《颂歌（二）》、《颂歌（三）》等，都可以看作王有尾内心世界对于海子诗歌的注脚。不过，王有尾一开始就突破了校园诗歌经常存在的"青春的虚假梦呓"倾向，走出了青春期写作的迷途，摒弃了虚伪的诗歌模式，直接进入了诗歌的肌体，从而有了诗歌的艺术自觉："你不要胡乱抒情／

也不要把隐喻和反讽当作救世主"(《真理或者怀念》)。虽然他的诗歌写作还部分地笼罩在海子影响的阴影里,但是,他的《思想者》、《诗歌》、《命运 I》、《命运 II》、《厌世者》等成熟之作,足以使读者对他的未来抱有充分的信心。尤其重要的是,《偏离》集的一些诗歌作品如《芜湖》、《济南小夜曲》、《土坑叙事》、《时代——献给戈麦》、《流浪者》、《飘,飞翔的另一种姿势》等,显示了他对现实存在的有效触摸。这种触摸也呼应了 20 世纪 90 年代诗歌的转型。

他在《坦白》一诗中说:"热爱天空,但我还不曾仰面张望 / 热爱大地,但我还不愿脚踏实地。/ 内心丰富地燃烧起灯火的四海兄弟 / 从东南西北吹来咸咸的风 / 带着点自命不凡,没有出路的思想。"他这种无根的漂浮状态,在一定程度上被触摸现实的这些诗作冲淡,为以后诗歌创作转型为日常生活的人性考量,打下了基础,埋下了伏笔。

"意燃"更名为"王有尾"之后,他才作为一个真正的诗人登上了诗坛。王有尾生于 1979 年,如果把他放在"70 后"诗人群体里考察,就可以发现,他与"70 后"有着共同的诗学背景和诗学生成与显现的背景。与 60 年代以前出生的诗人相比,70 年代出生的诗人往往直接从自己的真实的、生猛的、当下的生命感受出发,从生命的载体——身体的欲望感受出发,使诗歌直截了当地呈现诗歌自身,而不是国家、历史、文化等宏大理念的载体。在 60 年代以前出生的诗人那里,诗歌往往成为历史、文化、国家、民族等的载体,他们首先从这些宏大的题材那里找到一个对立的"庞然大物"进行解构,然后再寻找自己。知识分子写作群体更是如此。因此，"70后"诗人对民间写作、口语写作更具亲和力。"60前"的诗人从文化寻找自我，而"70后"则是直接从自我抵达文化。

因此说，生活化、身体化、欲望化的狂欢成为"70后"诗人的出发点。而"70后"诗人所赖以诞生的媒介——网络——恰恰为其狂欢提供了生产力因素。在王有尾的诗歌文本中，欲望化是重要的诗写入口，比如他的《稀有掌声的生活》《别把我的爱刻进骨头里好吗》《人肉的芳香》《那些爱》《小院特写》《深藏不露的爱》等大量诗作，充满了对现世生活的肯定，对生命感官的肯定。日常生活在他的笔下获得了平凡而动人的诗意。我们看他的《七零八落——写给我7点零8分落地的儿子》：

> 我站在产床前摁着你妈的手
>
> 你妈翻了好几次白眼
>
> 你出来时护士说："嗓门好大的公子"
>
> 你奶奶则蹲在厕所里
>
> 听到哭声才欢喜地跑进来
>
> 你大伯还有几个产妇在外面说话
>
> 朋友或发短信或打电话说：恭喜
>
> 你爷爷开个摩托因为修路
>
> 转了老远来看你
>
> 你产前天一直在下雨
>
> 产时已经不下了
>
> 第二天就放晴了

万里无云

地里的玉米早就熟了

但一直等到你瓜熟蒂落

　　前半部分的细节描述和极简叙事极为朴素，然而却为后半部分的升华做了很好的铺垫。"你产前天一直在下雨／产时已经不下了／第二天就放晴了／万里无云／地里的玉米早就熟了"，写出了自然、宇宙的细微变化过程，而这个变化为一个生命的诞生设置了宏阔背景。更绝妙的是最后的诗眼"但一直等到你瓜熟蒂落"，一下子就把人的生命价值含蓄蕴藉地表达出来了，传统文化中的"天人合一"境界，醋然出之！当下诗坛普遍冷落了诗歌意境，忽视意象的营造，而此诗却显示出王有尾作为一个"70后"诗人的良好的诗学素养和功底。

　　反讽往往成为青年诗人宣泄叛逆情绪的主要手段，这在王有尾诗中也有所体现。他的《鸟儿在骂娘》、《秋》即属此类。"原来一切高昂的头颅／只是为了止住颈椎的疼"（《高昂的头颅》）对革命年代的经典镜头进行了后现代式解构。不过他的反讽与解构并不是恶搞，更多的时候是自己的文本与经典文本构成互文关系。比如他的《窗外》就是对卞之琳《断章》的模拟，对"互看"的人生赋予了自己的哲思。他的《静夜思》在对李白的接受过程中不但没有消解原诗的味道，结尾的一句"我已经来不及坚强"，反而强化了原诗的内蕴。当然，历史有时候也出现在王有尾的诗歌中，但是历史真实是悬空的。他关心的不是历史本身，而是对历史的态度，揭示对待历史态度中所显现的人性复杂性。

　　王有尾在对日常生活的指涉中，有意忽略外在的事象描摹，而是深入生活的膝理，窥视隐含的人性之暗。"人性"、"死亡"、"命运"，是其诗歌的关键词。

　　他的诗句式变化少，复句少，意象的营构少，但令我们瞬间直达地感受到简单之中的尖锐力量！王有尾的诗外形显得非常单纯，而内在的意蕴则颇为丰富。对于一个真正意义上的诗人来说，他不能只听任自我的宣泄，恰恰相反，总是具有"人"的自觉。王有尾的诗有怀疑，有解构与颠覆，但是深层或者背后则是执着的找寻。《无边的幸福》等诗中的怀疑不是悲观主义的，而是理性主义之思。《苹果熟了》对诗人角色进行了颠覆，但也有《心之大小》、《吾心之大》等对诗人力量的确证之作："我在黑暗中朗诵诗歌／声音越来越小／回声却越来越大／我终于感觉到了／那是吾心之大"。《我想你能明白我心倔强》同样显现了自我心灵力量的确证："诗歌需要打磨／我心已不需要／它那样通透沉静／怎能容得下一块／制造噪音的石头"。

　　正基于对自己精神力量的确证，王有尾才毫不留情地解剖自己，刻薄地清理自己的内心和灵魂。《心如磐石》对人心的省察与自我省察，足以令人深思。他说："如果只有垃圾／才需要清理的话／那我的那颗滚烫的诗人之心／岂不早就变成了一个垃圾场"（《清理内心》）。他的自我确证的清醒与自我灵魂清理的欲求，保证了他的写作不是轻浮的嬉皮与娱乐，而是对社会、人生和命运的及物写作。《最后的民间》、《鼻患》、《乱》等，皆为上品。如《鼻患》一诗，他通过"坏了的鼻子"深度揳入了社会的真实面相："它如今就长在我的脸上 / 一个活生生的诗人身上 / 还有比这更恶毒的现实"。

他非常善于在单纯之中彰显人性的复杂与幽暗。《年少时的死亡》的童年记忆极为独特而富有力度。《不是我不能悲伤地离去》中深刻地揭示出外力对人心的压抑与负性重塑。《断电》同样在非常普通的生活场景中，披露人性的"断电"状态，个性化的感受触目惊心。《分手》是一个非常朴素的题材，正因为极其朴素，题材的处理也更具有挑战性和诗写难度，而王有尾却能够在淡到极处的情境中潜藏着很深的坚硬内核，可谓是化俗朽为精奇。《心如磐石》源于诗人的一次真实经历。作者在去大连的船上，遇到一个老者向他行乞。面对一对热恋的情侣窃窃私语地诅咒诗人的同情心，"我把伸进口袋里的 / 手 / 匆匆收回 / 转身回到房间 / 海风依旧吹 / 我心如磐石"，这是对人性的严酷拷问。《小院特写》写了两位女性，一位是陷入热烈爱欲的女人，正在享受生活的天伦之乐；一位是被丈夫抛弃的女人，这位准妈妈正抵御着频繁的呻吟疼痛。"我俩碰了正着 / 天已很黑 / 她的眼神穿越了黑暗 / 那一刻 / 我们四目相对 / 那一刻我的感受 / 像极了她一瞥中的空"，诗中充满了悲悯意识。

王有尾在短暂的生命历程里，见证了太多的死亡事件，"生死意象"反复出现在他的诗里，成为他的人性的极端体验与外现载体。尽管"死亡 / 像一块安静的白布"，"变得可望而不可即"（《可望而不可即》），但是，作为生者的我们经常会将灵魂的视觉投向"死亡"。《至孝》、《民俗：孝》通过人的生命终点的生活情境的描述，在死亡意象中释放出生者的复杂而强烈的人性内涵。入选"中国汉诗榜"的《怀孕的女鬼》："闲来无事 / 游逛着 / 来到万寿陵 / 这里真安静 / 墓碑挨着墓碑 / 有名字的 / 没名字的 / 散在刚长出来的草丛里 / 一位怀孕的母亲 / 走在尘土微扬的小道上 / 见我过来 / 瞥了我一眼 / 我走出老远 / 猛一回头 / 她下意识地 / 摸了摸自己 / 已经隆起的肚子 / 等我再回头时 / 就只看见 / 墓碑挨着墓碑"，将"孕妇"置放于"墓地"的背景下，把隐喻生命延续的"怀孕"意象与隐喻死亡意象的"墓地"并列，生死之间形成了巨大的张力，诱发我们对生命意义沉思。尤其是他的《乱》，彰显了人生体验的大境：

> 路过
>
> 一片乱坟岗
>
> 那里长着
>
> 乱蓬蓬的
>
> 狗尾巴草
>
> 连露出地面的棺材
>
> 也是乱糟糟的
>
> 我只是这样
>
> 胡乱想了一下
>
> 便觉得
>
> 再如此规矩地活着
>
> 真他妈虚伪

他特别善于在人生的终点发现生命的价值和意义。这种人生的彻悟，已经超越了王有尾所代表的这个年龄。

　　王有尾把率真的性情体验与表达作为诗歌创作的第一要义，而文本的自觉则退居第二位，似乎不屑于打磨文本自身的品质。不过，这并不意味着他的诗歌文本必然走向粗糙。相反，他的大部分诗歌的语言是充分口语化的，没有经过刻意的斟酌，而是纯然原生态语汇的自然流露。这种诗歌靠的是语感的敏锐、鲜活与弹性。《大风吹过沙堆》、《戈壁滩》虽然娓娓叙说，貌似平易，实则含蓄蕴藉，无尽沧桑之意，尽在有限语词之中。

　　王有尾的大学诗友高君渡把他看作"一个快乐的行者"，"在复杂的生活境遇中，他从来就是兵来将挡、矛来盾横，在纯粹自然的生活中他不夸张地展露生存的意志，理性和建立于理性之上的规范对他来说从来就是形同虚设"[①]。其实，这种生活态度也值得商榷。打破既有理性和规范，破除极端理性主义，在越来越技术化、理性化的社会中，确实是非常必要的，也是诗性的感性表达的内在需要；但是，在破除极端理性主义之后，价值性的确立还需要新的理性做支撑。对于有野心的诗人来说，如何在率真体验与理性力量之间找到一个制衡的诗学基点，仍然是大部分"70后"诗人有待解决的难题。

---

① 高君渡：《忆有尾》，见 http://gaojundugood.blog.sohu.com/。

西毒何殇的"心灵辩证法"

　　关于"事实的诗意"的形成机制，不外乎两种情况：第一种，写作者依靠的是大开大合、大起大落的叙事，甚至是"抖包袱"模式，制造惊奇效果和悚惧效果，之所以有的诗人被误读为"段子写作"，盖源于此。这些"震惊式"的诗性叙述，我称之为"强戏剧性"叙述。第二种"事实的诗意"主要基于日常的、朴素的叙述，你看不到轰轰烈烈，看不到大开大合、大起大落，而诗意自呈且真力弥满，我称之为"弱戏剧性"。"强戏剧性"叙述，往往直接、犀利，很容易唤起审美效果。但是，"弱戏剧性"叙述更能考验一个诗人的技艺之高低。

　　西毒何殇，正属于后者。

　　西毒何殇的"事实的诗意"形态有一个鲜明的特征，那就是碎片化、日常化叙事。当然，西毒何殇的口语诗风格亦具多样性，而日常人性的勘察与探触是他一以贯之的关注点。他恰切地践行了"弱戏剧性"叙述规则，他写关于父亲、祖父、儿子、岳母的亲情，也写关于日常人性样态的作品，在日常生活的"弱戏剧性"叙述之中，完成了他的"心灵辩证法"的表达。"心灵辩证法"规律，是车尔尼雪夫斯基评价托尔斯泰心理描写技巧时所提炼的概念，指的是托尔斯泰善于通过描写心理变化的过程来展示人物的思想性格的演变；他最感兴趣的是这种心理过程本身，是这种过程的形态和规律；它能描述出一些感情和心理怎样转变成另外一些感情和心理，展示心理流动形态的多样性与内在联系。西毒何殇的日常诗性叙事，不是依靠"强戏剧性"来推动叙述，而是像托尔斯泰那样，依靠灵魂的搏动和感情的驱动来展开叙述进程。

西毒何殇能够在几乎看不到诗意的地方，敏锐地捕捉到并且有效表达出来。他在《阳光下的新鲜事》里写道：患病的父亲经过化疗之后，重新长出了乌黑的头发：

> 我不由伸出手去摸
> 这个动作
> 把我自己都吓了一跳
>
> 一切都顺理成章
> 父亲一动不动
> 任凭我抚摸着他
> 柔软光滑的头发
> 就像一只乖巧的兔子
> 蜷缩在我手心里

无论"我"的动作，还是"父亲"的动作，幅度都很小，都带有无意识性，但是内在的感情却很细腻、饱满。父子之间的尊卑强弱结构呈现出逆反关系，将浓厚的亲情表达得含蓄蕴藉。

又如《斜坡》。在咸阳国际机场 T3 航站楼通往 50 号登机口的路上，一个小小的而且很短很短的斜坡，对于正常人来说太微不足道了！但是对于一个重病患者来说，"那时候我还不能理解 / 你的疲惫和恐惧 / 我还不知道 / 一个小小的斜坡 / 会让你那么累"。《笑脸》里写到当儿子高烧惊厥之时，诗人为了避免儿子咬坏自己的牙齿，情急之下，把食指横着塞进他嘴里，被死死咬住的指头肚上，"有三个洞 / 组成笑脸的形状"，那种由疼痛转化出来的"笑脸"，交织着父爱的"甜蜜的痛苦"。西毒何殇诗中的每一个细节，都蕴藉着巨大的心灵能量。这种"无事"的"弱戏剧性"写作，弄不好就成为废话写作乃至于口水写作。要想在"无事"状态之中，洞察人性的驱动力、复杂性与微妙性，需要极强的艺术功力！我们再来看一首西毒何殇的《无常》：

> 中午散步时
> 妻子突然说：
> 爸爸跟他最爱的孙子
> 最后说的话
> 竟然是
> "看电视的时候
> 不要张着嘴。"

这首小诗，几乎就是"无事的叙事"，也就是说，看起来都是毫无"事件性"的叙事。爷爷对孙子说"看电视的时候 / 不要张着嘴"，是多么平常的话啊！但是，将它置于临终之际，阅读期待中的"重大嘱托"落空之后，首先感受到的是某种荒谬性，但是，更在这种荒谬性之中彰显出朴素、自然的人性形态，那就是爷爷对于孙子的无尽的爱。这首诗带给我们一种"于无声处听惊雷"的震撼效果。

"弱戏剧性"写作要做到委婉曲致，也很有难度。西毒何殇特别注意营造日常叙述的张力与隐含的内在戏剧性。《抽》即是典型案例：

> 滴滴司机拿起烟盒问
>
> 你抽烟不？
>
> 我说不抽。
>
> 他问你是不抽还是不会抽。
>
> 我说我会抽但不抽。
>
> 他说那我也不抽了。
>
> 我说你抽你的别管我。
>
> 他说你不抽我不好意思抽。
>
> 我说你想抽就抽。
>
> 他说你不抽我也不抽。
>
> 我只好说我中午吃饭抽多了嗓子疼。
>
> 他说我开了 12 个小时车了。
>
> 我说那你还是抽一根吧。
>
> 他问你真会抽烟啊？
>
> 我说会。
>
> 他说那好我抽一根。

这首诗通篇都是出租车司机与乘客"我"的对话,"我"的每一句回答都引向歧义,在一次次的歧义中,司机既想抽烟却又表现得矜持而有礼貌,张力达到饱和峰值,而到最后,越来越大的张力突然消失,达成"和解",小诗富有幽默感,同时又具有微妙的人性温度。西毒何殇很善于将日常生活中的张力与戏剧性通过叙述的过程感达成"和解"。比如《路边》,"我"送儿子去学音乐班找不到停车位,与贴罚单的交警,形成对立关系;而其中一个交警也面临着送孩子上学而无处停车的处境。于是,同样的境遇使处罚的"施加方"与"受动方"达成了和解。再如《套路》:刚刚开始写作文的儿子喜欢老师教的"套路",而作为作家的爸爸"我",主张个性化和创造性,竭力反对"套路",主张要学点真本领,告诉他这个老师交给他的套路,换了老师,就不喜欢了。于是,父子之间形成了对立的"张力"关系。后来发生了戏剧性变化,换了语文老师以后,她使用的作文套路跟原来的老师一模一样。从叙述的表层结构上看,父子的矛盾貌似"和解"了,达成了喜剧性的结局。但是,探究到叙事深层结构的话,就会发现,真正的悲剧也正在这里!文学和艺术天然具有解放人性、释放生命情感的作用,而语文教育乃至于高校的文学教育,经历了多年的套路的规训,学生的艺术想象力、情感体验的敏锐性和创造性思维力,简直被扼杀殆尽,都成了"装在套子里的人"。

在西毒何殇的笔下,我看到了人性的幽暗与扭曲。西毒何殇已经把手术刀指向了童年时代的人性幽暗与扭曲。他有一首《幼儿园》。幼儿园里的两个小女孩相互敌视,那种仇恨的惊人力量使她们只要提起对方就恨得咬牙切齿，"其中一个／尚未学会写自己的名字／却能把对方的名字／写得一划不错"。这首诗着实令人触目惊心！《显影》写的是，当一场车祸发生之后，一切仿佛都是透明的，透明到车祸不存在，逝者不在，逝者的呼救不在，所有的路人都视若无睹，"直到另一辆车／碾轧而过／她的身体才渐渐／在斑马线上显影"，这一幅显影，令国人的麻木不仁、冷酷无情，揭于天下。《菩萨磨牙》写的是，庙重修以后，为了伪造香火很旺的假象，看门的老张每晚拿块糟木头打磨正殿门口的青石，在试营业的三个月里硬是磨出两个形似跪出来的凹槽。将一种精神和灵魂的修行场所视为挣钱的工具，揭示了物欲与信仰颠倒错位的现实，幽默之中蕴藉辛辣讽刺！《年轻人还在想办法》揭示的是利欲熏心的人性存在。即使在北方富裕的村镇，由于残疾人可以获得镇里的补助，大家都纷纷装作残疾人，"老汉们已经集体聋了／大娘们也一块哑了／年轻人还在想办法"。贺雪峰教授把这种行为称之为"搭便车"现象，他说，当前中国农村出现的一个大问题是，曾经保持千年稳定的村庄社会结构面临解体。历史上封闭的村庄变得开放，农民可以越来越多地从村庄以外获取收入。过去约束村庄"搭便车"行为的结构性力量解体，越来越多的村民学会了"搭便车"。村庄缺少约束"刁民"的力量，"刁民"成为村庄中"堂堂正正"的力量，"刁民"得到好处，成为示范，就有越来越多村民变成"刁民"。"刁民"泛滥蔓延的结果就是，村庄内部为公共利益所进行的集体行动陷入困境。正是本体性价值的丧失造成了村庄中激烈的社会性价值竞争，以及随之而来的价值荒漠化。农民不知道自己为什么活着，活着的意义是什么，什么活法才是对的。人性与制度之间的相互侵蚀，形成了恶性循环状态。《台灯》里有一位生活节俭的"邻居大爷"，常常在垃圾桶旁边，捡拾"旧衣服"、"老电脑显示器"、"保温杯"、"破椅子"，每次他捡回去，都会被儿媳妇扔出来，并且为此发生争吵。这不仅是代际之间的"鸿沟"，同时也折射出社会生活观念与消费观念的对立与更迭。

西毒何殇不屑于对时代和社会做整体性的宏大观照，而是瞩目于碎片化的全息反射。《邻居》以极简笔法勾勒了现代物质生存图景："楼下／别墅区／不见有人／只有两只八哥／互相问候／你好／你好"。19世纪80年代满怀豪情地呼唤世界一体化，纯情拥抱越来越走向地球村生存的现代社会。殊不知，我们身边的生存空间里，人性距离反而越来越遥远。"不见有人"的"别墅区"，此时，别墅的主角是两只八哥，在互相问候。这只是第一层异化——现代物质文明对人的异化。第二层异化则是指向大自然的异化。鸟儿本来应该生存于森林中，但是，却被"人"豢养，只能鹦鹉学舌地说着"人"的语言。秦巴子说：西毒何殇"长于从生活中发现人性的诗意，并且在不动声色的叙述中完成从现实到诗艺的转换，有着人性的正义与温暖"。人们习惯于对于现代科技进行反讽，诸如物质与技术时代对于人性的压抑与异化，常常成为反思的角度。西毒何殇并不是这种对立的思维，而是以人性的角度去揭示新的技术带来的便利。《升级》写到，iPhone升级iOS12.0后，利用面部识别功能进行图片搜索的功能十分强大，当他打开相册，点击父亲的照片去检索的时候，没想到，机器可以"精细地辨认出 / 一幅灵前照片角落里 / 小小的遗像 / 并用红圈圈了出来"。这种意外的发现，令作者"差点流泪"。《邻居》与《升级》作为现时代的两个碎片，分别呈现了物质与技术对人类构成的负面影响与正面影响。他解构了那种"宏大叙述"的武断行为与专制思维，从而形成了发散思维与"横看成岭侧成峰"的多元化的生命感受。西毒何殇说："几十年来，中国文学界一直呼吁大作家、大诗人书写民族、歌颂人民、刻画时代，什么整体主义、神性主义、大诗主义……口号看上去一个比一个正确，可是结果呢？"[①] 西毒何殇的碎片化写作理念，来源于美国传统。他说："一百多年前，惠特曼在呼吁美国作家应该'碎片式写作'。他认为，欧洲人对'有机整体或组合'具有天生的意识。……而美国人对碎片的意识与生俱来。"[②] 西毒何殇确立的是"普通的个体诗学"，而非整体意义的"伟大的个体"，更不是"伟大的群体"主义。西毒何殇的"去本质化"写作，并不是"否定式"写作，他的"解构"要义在于拆解固定的僵化结构，从而呈现内在的多侧面的真相。他的《祭文的部分》，并没有完整地去描述祖父的一生行状，而是截取了"三年困难"时期，作为村支书的祖父，"他带头 / 打巨大的地窖 / 藏好秋收的粮食 / 拒缴公粮 / 待到来年 / 青黄不接 / 挖出来吃 / 在任三十九年 / 从未让村里人 / 饿过

[①] 西毒何殇：《"口语诗"二十一条》，见伊沙主编，唐欣、马非副主编《口语诗——事实的诗意》（中国口语诗年鉴 2018），青海人民出版社 2019 年版，第 430 页。

[②] 西毒何殇：《"口语诗"二十一条》，见伊沙主编，唐欣、马非副主编《口语诗——事实的诗意》（中国口语诗年鉴 2018），青海人民出版社 2019 年版，第 429 页。

肚子"。这让我想起了张一弓的名篇《犯人李铜钟的故事》。他们都是将人的性格和命运置于极端环境下进行审视，凸显了人性之硬，闪烁着普罗米修斯一般的迷人的光芒，带有强烈的英雄主义气息，但是，他首先是人性的，而不是一种空洞的英雄主义概念。"祖父"的形象就是在拆解了"极左"时期整体判断之后，整体主义无法遮蔽的独特的"这一个"，闪烁着人性光辉的"这一个"。

西毒何殇的诗，叙述形态是直陈的，又是蜿转的；阅读体验是直达的，又是延宕的；是去本质化的，又是碎片式天然自呈的。他的诗，易懂，又具有丰富的可阐释性。他说："世界是荒诞的，口语诗人殚精竭虑写让普通人看懂的诗。结果，他们看懂之后说'这不是诗'。"[1] 面对这种质疑，西毒何殇也给出了答案：

"请咨询医生。"[2]

如果读者没有病，我就感到很欣慰了。那么，这篇评论就是画蛇添足，请自行删除！

---

[1] 西毒何殇：《为什么我说"口语诗是一种世界观"？》，见伊沙主编，唐欣、马非副主编《口语诗——事实的诗意》（中国口语诗年鉴 2018），青海人民出版社 2019 年版，第 426 页。

[2] 西毒何殇：《"口语诗"二十一条》，见伊沙主编，唐欣、马非副主编《口语诗——事实的诗意》（中国口语诗年鉴 2018），青海人民出版社 2019 年，第 433 页。

一个人的"宝石山居图"

——序卢山诗集《宝石山居图》

　　当下诗歌界流行一个诗歌概念——"文化地理学"。值得警惕的是，按照一般意义的"文化地理学"来写的诗，要么只见"文化学"，要么只见"地理学"，鲜有"诗学"，尤其是鲜有真正意义的"个体生命诗学"。卢山却不！卢山的最新诗集《宝石山居图》是典型的江南文化地理，却又镌刻着卢山独特的精神纹理，浸染着极具个人色彩的生命体验，这是属于卢山一个人的"宝石山居图"。

　　我还没有见过比卢山更把诗当作生命的人。明明知道诗歌是"有毒"的，但他更乐意以诗作为治愈精神顽疾的良药。诗一方面加剧着他对生命疼痛的感受，另一方面又缓释着这种疼痛。这种悖论如此深具魅力！卢山的每一幅砥砺前行的剪影，都揣着诗歌的宏伟抱负！在他诗中层峦叠嶂的内心风景深处，隐藏着多么丰富而巍峨的块垒！他以灵魂块垒为材料，在冰冷的湖底燃起诗意的火焰，在江南的湖山之间构建起生命的庙宇。

　　2014年，卢山从南京硕士毕业，来到西子湖畔，供职浙江卫视。来杭州之前，南京的诗友梁雪波就跟我推荐过他。卢山在南京读书时，发起过"南京我们诗群"，组织过不少高品质诗歌活动，是一位很活跃的青年诗人。2014 年 9 月，在我们传媒学院下沙校区那间捉襟见肘的办公室，第一次与卢山"会晤"。他带来了自印诗集《上帝也是一个怕冷的孩子》。

初到杭州的卢山，踌躇满志，挥斥方遒。不久，他和北鱼等几位少壮派诗友组建了"诗青年"团体，后来又发展为"诗青年"公益组织。"诗青年"洋溢着青春、热血、执着、激情的摇滚气质。在越来越趋向于"lying flat"的语境里，这是非常难得的品质。是他们，重新复活了上世纪 80 年代诗歌的理想主义精神。在他们身上，我仿佛看到了久违的 80 年代的激情岁月。滚烫的青春，滚烫的肉体，滚烫的诗歌，"诗歌的血不会冷"的旗帜……激越而豪迈！"诗青年"团队吁请出一批卓越的"80后"、"90 后"诗人，在特定的诗史岩层，擦亮了在精神暗夜里锻造的诗意刀锋。这场同龄诗人精神自救的壮烈出演，本身就是一场精彩绝伦的行为艺术！在资本发达而抒情匮乏的时代，他们的作为尤其令人感动。我在《江南风度：20 世纪 90 年代以来浙江新诗群的审美嬗变》一书中给出一个判断："从'50后'、'60 后'为主的'北回归线'诗群，到'70 后'、'80 后'为主的'野外'诗群，再到'80 后'、'90 后'为主的诗青年团队，象征性地构成了浙江近 30 年新诗群嬗变的脉络和内在历史逻辑。"作为成长于社会转型期和沐浴在新媒体浪潮下的这一代"80 后"、"90 后"诗人，诗青年团队必然地成为弄潮儿。这群弄潮儿的身影里，卢山显得极出色，极为耀眼。

我没想到的是，在短短的几年里，卢山浓缩了丰富的人生变化，这也促成了他的诗歌的成熟和转变。诗集《上帝也是一个怕冷的孩子》还残留着浓厚的海子情结，溢满了一个来自安徽少年的抒情。经过了《三十岁》、《湖山的礼物》、《宝石山居图》这三部诗集的写作，卢山已经褪去了少年的青涩，而逐渐臻于成熟状态。我把《三十岁》、《湖山的礼物》、《宝石山居图》这三部诗集称为卢山的"杭州三部曲"。是人生阅历一步步把他逼得越来越优秀！他在浙江卫视工作四年后，又考取了宝石山下的一个省直部门。没想到两年以后，他又毅然决然远赴天山脚下的新疆小城阿拉尔……

正像他在诗中所写："十八岁出门远行／二十岁入川读书／二十四岁金陵深造／二十七岁谋生杭州／三十三岁远赴新疆"（《远行》）。在短短的几年里，卢山经历了难以言表的人生况味和沧桑之感。意气风发、挥斥方遒的浪漫豪情，蜕变为按部就班、循规蹈矩的为稻粱谋。这一切都构成了诗集《宝石山居图》的缩微景观。在他的诗集中，频繁出现了两组核心叙事素：一组是"诗歌的血不会冷"、"一杯理想主义的啤酒"、"故乡／亲人"；一组是"档案袋"、"腰肌劳损"。前者的内质就像《大海的男人——致普希金》，是带电的肉体和带血的歌唱，后者的内质就像《再读庚子年二三事》，是沧桑时世的鸣咽悲音。二者之间构成了青春期写作与中年写作的交响曲："在写作和生活的夹击下，我也曾节节败退如一位南宋的末代皇帝，但我的笔仍旧像一个落魄英雄的宝剑立在那里。"（卢山《遇见宝石山》）卢山就像山下的西绪福斯一样，持续抵抗着命运！

"档案袋"、"腰肌劳损"……这些精神词根构成了卢山情感的独特表达式。羁旅行役的人生困顿，感时伤世的忧患之思，使他深深感喟："三十岁，寄身江南／我才华耗尽，走投无路／如亡国之君退守凤凰山"（《春日惊雷》），"怀抱着复仇的坚忍和壮志难酬的愤懑蛰居在宝石下，把自己封存在一个暗无天日的档案袋里的时候"，是诗歌拯救了卢山，是湖山的精神图谱庇护了卢山。白居易和苏东坡的气息涌进了他的血液，抱朴道院的葛洪畅通了他的呼吸。如果说"腰肌劳损"象征着身体困境，那么，"档案袋"则是精神困境的意象化载体，构成了某种强烈的象征意义。正是由于这一象征性意象的横亘，我们的存在都成了暗室生存。他在内心有多少次"像阮籍驾一辆牛车穷途而哭"（《少女颂》），但是，"闪电集结云间／雷霆深藏胸腔"（《暴雨将至》）。在"档案袋式"的生存中，他学会了隐忍。"高墙筑起，铁丝电网如律令／划分不可逾越的历史界限"（《雨中漫步弥陀寺公园》）。虽然有时"我身体里沉睡多年的猛虎／突破月光的防线，急速下山"（《宝石山居图》），但也只是一种诗意幻觉而已。"档案袋式"生存图景在《诫己书》体现得最具代表性：

> 人过三十，世界训诫我
> 命令我忍住身体里的
> 口哨和琴鸣
> 忍住花开和雷霆
> 忍住词语的风暴
> 和湖山的气流
> 像佛殿前沉默的石狮

要忍住灵隐寺的钟声

我和宝石山要忍住

西湖数千年的美和绝望！

　　就在这种隐忍与克制中，卢山练就了一种"种牙术"。《种牙术》是一首本事诗。他曾在而立之年因牙疾而种了一颗牙齿。这颗牙齿并不是写实，而是赋予了一种深邃的象征意味："种下一颗牙齿"就是"种下老虎的咆哮／让他一生敢于啃生活的硬骨头／吃体制的螺丝钉"。"牙"成为诗人精神人格的外化和载体，"我说话够硬　从不服软"的性格，与这颗坚硬的牙齿合二为一。将这颗牙齿比喻为"我一生的诗篇里／最坚硬的一个词语／火化时　烈火难以下咽的／一根硬骨头"，一个璀璨结尾，将诗意迅速推向饱和之境。《种牙术》不仅仅是个人生命意义的确证，还是在朽败的时代里注入的一针强力意志。

　　他的灵魂深处流溢的"诗歌的血不会冷"，是"一杯理想主义的啤酒"，而这一切的原动力是"故乡／亲人"。他用诗的肋骨和筋脉，为妻子，为爱女，为亲人，建造了一座精神家园。长诗《宝石山献诗——给女儿夏天》，既是女儿的成长史，也是诗人卢山的成长史，构成了精神成长的互文关系：

我已遭遇词语的脑血梗

这雨季漫长的黑夜

像一个诗人不可言说的命运

这么多年，当我远离故乡

在和生活与虚无搏斗的时候
女儿，唯有你的一声"爸爸"
才能把我彻底拯救

卢山的亲情表达，并非泛滥的"温情主义"，他的温情里有温暖，有血性，也有"慷慨赴死的勇气"。他在抒发亲情的时候，充满着时代的畸变、命运的沧桑、人生的残酷，如《通往故乡的河流》：

老家被拆，我们的身体经历一场地震。
劫后余生，我们三姊妹
如一块块石头流落四方。

石头不能再回到山上。
我们将带着自己的裂缝
成为沙，成为水
成为一条条通往故乡的河流。

卢山的"杭州三部曲"完成了。如今，他也像一块石头，带着诗意的行囊远赴大西北。远行新疆阿拉尔之前，他曾经几次跟我交换过心音，我也一直安慰自己说，只把卢山的这次远行当作一次因公出差就好，他还会回来的。今年7月份，他所在的当地文联举办兵城红都杯"走进塔里木，爱上阿拉尔"诗歌大赛颁奖活动时，我由于策划"纪念茅盾先生逝世40周年全

国学术研讨会"而错过了西域诗旅，深感遗憾。今天，当我在
写这篇短文的时候，才真正意识到，卢山这次"出差"太久了！
去年 8 月 1 日，我为卢山即将赴疆而写的赠诗《西北有高楼》，
我觉得必须首发在这里：

1

西北有高楼

高楼下

那匹骏马

仍在寻找骑手

2

拥有大海的人

胸中耸起大漠孤烟

3

一把刀子

曾在深夜的泣声里蒙尘

去朔风中擦亮

凌厉的锋刃

4

螺丝拒绝扳手

他要勇敢地扼住

命运的咽喉

5
西北缺水
眼泪含钙
请带走三千吨东海的澎湃

卢山写道："行走和写作是一生的事情"，"用身体丈量河山／是读书人一生的宿命／头顶的星辰闪耀／当我们写下诗歌／——便是不朽的盛事"（《山水盛事——赠白甫易》）。卢山愈行愈远，而离诗歌越来越近，离生命越来越近。我深知，卢山还会继续交换着天山和西湖的故事。当我登上宝石山时，我一定要在空中听见西域的回响。